BASTEI
LÜBBE

Von Ephraim Kishon erschienen bei BASTEI-LÜBBE:

12016 Kishon für alle Fälle
12032 Kishon für Steuerzahler
12265 Der Fuchs im Hühnerstall

KISHON

Mein Freund Jossele

Ins Deutsche übertragen
von Friedrich Torberg

Mit Illustrationen
von Rudolf Angerer

BASTEI LÜBBE

BASTEI-LÜBBE-TASCHENBUCH
Band 12331

1. Auflage Mai 1995
2. Auflage Nov. 1995

Mit Genehmigung der F. A. Herbig Verlagsbuchhandlung GmbH, München
Lizenzausgabe: Gustav Lübbe Verlag GmbH, Bergisch Gladbach
Printed in Germany
Einbandgestaltung: Roland Winkler/Franz Wöllzenmüller
Titelfoto: Isolde Ohlbaum
Titelillustration: Rudolf Angerer
Satz: KCS GmbH, Buchholz/Hamburg
Druck und Bindung: Ebner Ulm
ISBN 3-404-12331-X

Der Preis dieses Bandes versteht sich einschließlich der gesetzlichen Mehrwertsteuer.

INHALT

Einleitung 7
Das Einstein-Jossele-System 10
Auf Ölsuche 13
Praktische Winke für den Alltag 16
Rettungsloses Schweigen 20
Zur Entlastung des Steuerzahlers 23
Neue Wege zum Geschichtsunterricht 25
Gangsterfilm in Eigenproduktion 27
Gewußt wo 33
Verbotene Spiele 36
Ein vergnüglicher Abend 39
Rohmaterial für drei Geschichten 42
Wo ist die Zerkowitz-Straße? 47
Gäste willkommen 49
Das Werkstatt-Kabarett 52
Wegweisung 55
Jüdisches Poker 57
Ideale Nummer 62
Der Eskimo-Effekt 65
Tragisches Ende eines Feuilletonisten 69
Geteilte Rechnung 72
Falsch geparkt ist halb gewonnen 76
Die heilsamen Schildchen 80
Das Fleisch ist nicht immer schwach 83
Strafmandat bleibt Strafmandat 86
Bewunderung à la Jossele 90
Kleine Spende – großer Dank 94
Ehrlich, aber nicht offen 98
Gottes Hand und Josseles Fuß 101
Der perfekte Mord 104

Falscher Alarm 109
Sulzbaum ist erledigt 113
Die Sache läuft 115

Alarm und Seelenfrieden 121
Der Kampf um den Blick des Kellners 127
Franzi ist menschlich 131
Mussa und Garfinkel 135
Nie wieder Pornofilm 139
Als uns der Strom gesperrt wurde 145
Ein Denkmal für den Spinat 150
Freundschaftspreis 154
Inspektor Fischbaums sechster Sinn 159
Platonische Liebe 164
Ich bin Zeuge 167
Rom sehen… 171
Tagungen müssen sein 177
Fernsehen hat Vorrang 182
Der Abend des langen Messers 188
Herzl – Schmerzl 192
Türkische Früchte 196
Dingsda 201
Unvergeßliche Erinnerungslücken 204

Die Stunde der Wahrheit ist gekommen: Ich muß gestehen, daß ich eine Schwäche für Schwindler und Hochstapler habe.

Eigentlich dürfte das niemanden überraschen. Der Beruf des Humoristen hat ja mit dem des Schwindlers vieles gemeinsam. Beide leben von der menschlichen Dummheit, beide machen sich die Schwächen der Bürokratie zunutze, spekulieren auf häuslichen Zwist, auf Eitelkeit und Heuchelei, auf die Spannung zwischen Individuum und Gesellschaft – beide, der Schwindler und der Humorist, begehen ihre kriminellen Handlungen auf intellektueller Basis, der eine durch Taten, der andere mit Worten, zwei Halunken von gleicher Wesensart, zwei Brüder im Geiste.

Ich habe zu den professionellen Betrügern schon in meiner Kindheit verehrungsvoll aufgeblickt und halte einem begabten Schwindler noch heute die Daumen, wenn er von der Interpol rund um den Erdball verfolgt wird. Während andere Kinder davon träumten, zum Mond zu fliegen oder sich mit einäugigen Piraten siegreich zu duellieren, beschäftigte sich meine Phantasie mit dem Verkauf von unbrauchbaren Donaubrücken an gutgläubige Touristen. Daß ich es in Wirklichkeit niemals zu etwas dergleichen gebracht habe, liegt nicht etwa an meinen moralischen Skrupeln, sondern einfach an meiner Feigheit und an meinem mangelnden Talent für Betrügereien, die etwas einbringen.

Das ist sehr schade, denn ich besitze andererseits eine ausgeprägte Neigung, Menschen zu beobachten und Beweise ihres Herdeninstinktes aufzuspüren. Ich war zehn Jahre alt, als ich entdeckte, daß man an jeder beliebigen Straßenecke eine beträchtliche Menge von Passanten versammeln kann, wenn man mit ein paar gleichaltrigen Freunden stehenbleibt und angestrengt in den Himmel starrt. Als Zwölfjähriger unternahm ich mit den führenden Mafiosi meiner Schulklasse einen Gemeinschaftsausflug in den Budapester Lunapark (er hieß anders); wir bestiegen die Geisterbahn, sprangen während der verlangsamten Fahrt im finsteren »Gewölbe des Schreckens« ab, verteilten uns hinter eine Eule, ein drohend schwankendes Skelett und einen Erhängten, warteten den nächsten Geisterzug ab und ohrfeigten die Vorüberfahrenden. Sie wagten nicht einmal zu kreischen.

Mit besonderem Vergnügen erinnere ich mich einer Ansprache an meine Mitschüler, ein Jahr später:

»Wer nach Schluß des Unterrichts eine Doppelportion Himbeereis haben möchte, bleibt im Klassenzimmer!«

Neunzehn von den zweiunddreißig Schülern blieben. Ich zählte sie sorgfältig ab.

»Mehr, als ich dachte«, sagte ich befriedigt.

»Wo ist das Himbeereis?« riefen sie.

»Himbeereis? Mich hat nur die Statistik interessiert.«

Dann rannte ich weg, so schnell ich konnte.

Und das Telefon! Was ist das doch für ein ergiebiges Instrument! Nehmen wir die Sache mit Mathilde. Ein wahrhaft unvergeßliches Erlebnis! Kurz vor Mitternacht – ich war damals schon aufgeklärt – verließ ich mein Bett, um unseren Wohnungsnachbarn anzurufen. Auf sein schläfriges »Hallo« flüsterte ich mit erotisch verhängter Stimme den Namen seiner Frau in die Muschel:

»Mathilde?«

»Wer spricht?« brüllte der jählings Erwachte. »Wer ist das?«

Ich legte auf, lehnte mich zurück und lauschte behaglich der lärmenden Auseinandersetzung, die jenseits der Wand zwischen dem Ehepaar losbrach. Bei solchen Gelegenheiten habe ich viel über die Dinge des Lebens erfahren.

Mit sechzehn stand ich in frohem Briefwechsel mit zahlreichen Bewerbern, die das folgende, von mir stammende Inserat beantwortet hatten: »Junge, attraktive Witwe sucht Partner, der sie auch in Finanz- und Investitionsfragen beraten würde...«

Das waren meine ersten literarischen Versuche. Nicht lange danach, in der Nazizeit, entwickelte ich meine Fähigkeit zu schwindeln weit genug, um mir das Leben zu retten – aber das ist eine andere Geschichte für ein anderes Buch.

Jetzt reiche ich die Fackel an meinen jungen Freund Jossele weiter, der all das, wovon ich träume und wofür ich mich doch schon etwas zu alt fühle, in die Praxis umsetzt. Durch ihn werde ich wieder jung. Ich liebe und bewundere ihn. Gewiß, er ist ein Taugenichts, ein Tunichtgut, ein Außenseiter der Gesellschaft. Aber die Art, wie er sie für seine Zwecke ausnützt und aus ihren Schwächen Kapital schlägt, ist so witzig und einfallsreich, daß ich mich manchmal frage, wer ihm diese brillanten Ideen eingibt... Offenbar hat sich Jossele von mir unabhängig gemacht, führt ein Eigenleben und dreht mir hinter meinem Rücken eine lange Nase.

Das Einstein-Jossele-System

Genau in der zweiunddreißigsten Minute des Fußball-Länderspiels Bulgarien–Israel, das bekanntlich mit einer vernichtenden 0:5-Niederlage der israelischen Mannschaft endete, wurde das Einstein-Jossele-System geboren. Bis zur zweiunddreißigsten Minute hatten wir beide, mein Freund Jossele und ich, auf unseren Tribünensitzen hoch oben im Stadion gramgebeugt mit angesehen, wie diese Balkanteufel in ihren gelben Dressen immer wieder die Verteidigung unseres blau-weiß-gestreiften Teams durchbrachen, als hätten sie die Altherrenmannschaft eines orthodoxen Kibbuz während der Sabbathruhe vor sich. Die Luft war schwer, die Menge war deprimiert, und ich alter Patriot war den Tränen nahe.

Dann, in der zweiunddreißigsten Minute, hörte ich Josseles Stimme:

»Genug. Von jetzt an spielen die Israeli in Gelb.«

»Was heißt das?« gab ich verwirrt zurück. »Die Gelben sind doch die Bulgaren?«

»Hängt ganz davon ab, wie du es sehen willst«, belehrte mich Jossele. »Von hier oben läßt sich das ohnehin nicht so genau unterscheiden. Es ist eine Frage deines freien Entschlusses. Niemand kann dich daran hindern.«

Wenn Jossele etwas sagt, soll man auf ihn hören. Durch einen intensiven Willensakt machte ich mir seinen Blickpunkt zu eigen und war alsbald in der Lage, mich über die großartigen Leistungen der in Gelb spielenden Israeli von Herzen zu freuen. Es war eine Lust, wie sie mit den blau-weißen bulgarischen Patzern umsprangen! 5:0 für die Unseren stand es zum Schluß. Ein verdienter Triumph.

»Siehst du«, sagte Jossele, als wir in froher Stimmung aus dem Stadion strömten. »Alles ist relativ.«

Meines Wissens geschah es hier zum erstenmal, daß die Relativitätstheorie friedlichen Zwecken dienstbar gemacht wurde. Seither habe ich mich an das Einstein-Jossele-System gewöhnt und kann es jedermann wärmstens empfehlen. Mit ein klein wenig Phantasie eröffnet es bisher ungeahnte Möglichkeiten zur Verschönerung des Daseins.

Zum Beispiel: Ich sitze im Kino, sehe einen miserablen Film und verfluche mich, daß ich mit so etwas meine Zeit vergeude. Plötzlich beschließe ich, daß wir nicht 1977 schreiben, sondern 1917 – und bin im gleichen Augenblick begeistert vom künstlerischen Wert der jungen, aufstrebenden Kinematographie. Unglaublich, was die können! Die Bilder auf der Leinwand bewegen sich, sie sprechen, sie singen – und das alles 1917! Es ist kaum zu fassen...

Oder ich habe das Radio angestellt und höre Seine Exzellenz den Minister über das Schicksal unseres Landes sprechen, über den Gürtel, den wir enger schnallen müssen, über die großen Aufgaben, die uns bevorstehen, über die Vision einer schöneren Zukunft. Schon krümme ich mich vor Pein und will auf den Abstellknopf drücken – da fällt mir das Einstein-Jossele-System ein und macht mir klar, daß das Ganze eine Parodie ist. Vergnügt lehne ich mich zurück und genieße eine halbe Stunde hervorragender Unterhaltung. Es ist einfach zum Brüllen, wie dieser Bursche im Radio das typische Gewäsch eines Parteipolitikers lächerlich macht. Man würde gar nicht glauben, was für abgestandene Phrasen er aus der Mottenkiste hervorholt. Köstlich! Ein erstklassiger Komiker!

»Na also.« Jossele klopfte mir befriedigt auf die Schulter. »Du siehst, wie schön das Leben sein kann. Man muß im richtigen Moment die richtige Entscheidung treffen, das ist alles. Nur nicht verzweifeln, sagte schon Titus Vespasianus, als die Juden Rom unterwarfen.«

Auf Ölsuche

Es war ein warmer Frühlingsnachmittag, so recht geschaffen für einen Kaffeehausbesuch. Draußen pulsierte das städtische Leben, die ältere Generation oblag ihren Berufen, die jüngere stand Schlange vor den Kinos. Jossele schlürfte an seinem Mokka und rekelte sich.

»Hättest du etwas dagegen, reich zu werden?« fragte er.

»Nicht das mindeste«, antwortete ich mit Überzeugung. »Aber wie?«

»Öl«, entschied Jossele. »Wir müssen nach Öl suchen.«

Gesagt, getan. Als erstes begaben wir uns zu einer nahe gelegenen Tankstelle und fragten den Boß, ob er billiges Benzin kaufen möchte. Ja, meinte der Boß, warum nicht, und woher wir's denn hätten? Von der Regierung, erklärte Jossele.

Als nächstes erwarben wir einen gut erhaltenen Gartenschlauch und etwa ein Dutzend antiquarischer Kanister.

Dann faßten wir Posten an der Kurve einer belebten Ausfallstraße aus Tel Aviv.

Der erste Wagen, den wir anhielten, war ein fettes, schwarzes Taxi.

»Guten Tag«, sagte Jossele höflich und bestimmt. »Bitte öffnen Sie Ihren Tank.«

»Warum? Was ist los?« fragte der Taxifahrer ebenso bestimmt, aber weniger höflich.

»Treibstoffkontrolle. Das neue Gesetz gegen Luftverschmutzung. Wir müssen feststellen, ob Sie sauberes Benzin verwenden. Öffnen Sie, bitte.«

»Was zum Teufel –«

»Es hat keinen Sinn, mit mir zu streiten, Herr. Ich bin nur ein kleiner Beamter, der einen Auftrag des Verkehrsministeriums erfüllt. Machen Sie mir keine Schwierigkeiten, und öffnen Sie den Tank.«

Nach ein paar saftigen Flüchen folgte der Taxifahrer dem obrigkeitlichen Geheiß.

Jossele steckte den Finger in die Tanköffnung, zog ihn heraus, leckte daran und schnitt eine bedenkliche Grimasse: »Hm. Schmeckt nicht so, wie es sollte. Sie gestatten.«

Damit ergriff er den Schlauch, führte ihn in den Benzintank ein, pumpte zwei Kanister voll und versah sie in deutlicher Kreideschrift mit der Nummer des Taxis.

»Geht direkt ins Laboratorium für einen Wasserfrau-Test«, erläuterte er dem Fahrer. »Wenn's in Ordnung ist, haben Sie nichts zu fürchten. Aber jetzt müssen Sie Platz machen für den nächsten... Sie dort! Ja, der blaue Chevrolet! Hier herüber, bitte...«

Mittlerweile standen etwa zwanzig Wagen ordentlich hintereinander angereiht und warteten darauf, kontrolliert zu werden.

Bis zum Einbruch der Dämmerung hatten wir mehr als 200 Liter Benzin gezapft, die wir zum Engrospreis an unseren Freund von der Tankstelle abgaben. Morgen kaufen wir ein paar Fässer und mieten einen Lieferwagen. Vielleicht schlagen wir der Regierung vor, mit uns gemeinsam in die Ölförderung einzusteigen.

Wir sind fündig geworden.

Praktische Winke für den Alltag

Jossele und ich saßen im Café und starrten trübe in unsere Mokkatassen. Es war spät in der Nacht oder früh am Morgen, ganz wie man's nimmt. Jossele schob mißmutig die Tasse von sich.

»Warum«, fragte er, »warum erfindet man nicht endlich Kaffeetassen für Linkshänder? Mit dem Griff an der linken Seite der Tasse? Das wäre doch ganz einfach.«

»Du weißt, wie die Menschen sind«, erinnerte ich ihn. »Gerade das Einfache interessiert sie nicht.«

»Seit fünftausend Jahren machen sie die gleichen langweiligen Trinkgefäße. Ob ihnen jemals eingefallen wäre, den Griff innen anzubringen, damit das glattgerundete Äußere nicht verunstaltet wird.«

»Niemals wäre ihnen das eingefallen. Niemals.«

»Immer nur die sture Routine.« Jossele hob die konventionell geformte Tasse widerwillig an die Lippen und nahm einen Schluck. »Keine Beziehung zu den Details, kein Gefühl für Nuancen. Denk nur an die Nähnadeln! Pro Stunde stechen sich auf der Welt mindestens hunderttausend Menschen in den Finger. Wenn die Fabrikanten sich entschließen könnten, Nadeln mit Ösen an beiden Enden zu erzeugen, würde viel weniger Blut fließen.«

»Richtig. Sie haben eben keine Phantasie. Darin stehen sie den Kammfabrikanten um nichts nach. Die erzeugen ja auch keine zahnlosen Kämme für Glatzköpfige.«

»Laß den Unsinn. Manchmal bist du wirklich kindisch!«

Ich verstummte. Wenn man mich kränkt, dann verstumme ich. Jossele fuhr fort, mich zurechtzuweisen:

»Du hast nichts als dummes Zeug im Kopf, während ich über ernste, praktische Dinge spreche. Zum Beispiel, weil wir schon bei Kämmen sind: Haarschuppen aus Plastik. In handlichen Cellophansäckchen. Selbst der Ungeschickteste kann sie sich über den Kopf streuen.«

»Sie werden *nie* wie die echten aussehen«, sagte ich bockig.

»Ich garantiere dir, daß man nicht einmal durchs Vergrößerungsglas einen Unterschied merkt. Wir leben in einer Zeit, in der neues Material für neue Zwecke herangezogen wird. Hüte aus Glas, zum Beispiel.«

»Wozu soll ein Hut aus Glas gut sein?«

»Wenn man ihn fallen läßt, braucht man sich nicht nach ihm zu bücken.«

Das klang logisch. Ich mußte zugeben, daß die Menschheit Fortschritte macht.

»Und was«, fragte ich, »hieltest du von einem Geschirrschrank, der auch oben vier Füße hat?«

Jossele sah mich überrascht an. Das hatte er mir nicht zugetraut.

»Ich verstehe«, nickte er anerkennend. »Wenn der Schrank oben staubig wird, dreht man ihn einfach um. Überhaupt gibt es im Haushalt noch viel zu verbessern. Was mir zum Beispiel schon seit Jahren fehlt, sind runde Taschentücher!«

»Die man nicht falten muß?«

»Eben. Nur zusammenknüllen.«

»Auch ich denke über Neuerungen an Kleidungsstücken nach. Vor kurzem ist mir etwas eingefallen, wofür ich sofort das Patent angemeldet habe.«

»Nun?«

»Es ist eine Art elektronisches Miniaturinstrument für den eleganten Herrn. Ein Verkehrslicht mit besonderer Berücksichtigung der Hose. Wenn ein Toilettefehler entsteht, blinkt ein rotes Licht auf, das zur Sicherheit von einem leisen Summton begleitet wird.«

»Zu kompliziert.« Jossele schüttelte den Kopf.

»Deshalb konnte ich ja auch der Kuckucksfalle nichts abgewinnen. Du erinnerst dich: man wollte sie an den Kuckucksuhren anbringen, oberhalb der Klappe, aus der alle Stunden der Kuckuck herauskommt. Und im gleichen Augenblick, in dem er seinen idiotischen Kuckucksruf ausstoßen will, fällt ihm von oben ein Hammer auf den Kopf. Zu kompliziert.«

»Dir würde wohl die Erfindung des berühmten Agronomen Mitschurin besser zusagen?«

»Die wäre?«

»Eine Kreuzung von Wassermelonen mit Flöhen.«

»Damit sich die Kerne von selbst entfernen, ich weiß. Ein alter Witz. Wenn schon kreuzen, dann Maiskolben mit Schreibmaschinen. Sobald man eine Kornreihe zu Ende genagt hat, ertönt ein Klingelsignal, der Kolben rutscht automatisch zurück, und man kann die nächste Reihe anknabbern.«

»Nicht schlecht.«

»Jedenfalls zweckmäßig und bequem. Das ist das Wichtigste. In Amerika wurde eine landwirtschaftliche Maschine erfunden, die allerdings noch verbessert werden muß, weil sie zuviel Raum einnimmt. Sie pflanzt Kartoffeln, bewässert sie, erntet sie ab, wäscht sie, kocht sie und ißt sie auf.«

»Ja, ja. Der Mensch wird allmählich überflüssig. Angeblich gibt es in Japan bereits einen Computer, mit dem man Schach spielen kann.«

»Dann würde ich mir gleich zwei kaufen«, sagte Jossele. »Die können miteinander spielen, und ich gehe ins Kino.«

»Gut«, sagte ich. »Gehen wir.«

Rettungsloses Schweigen

Wir tranken gemächlich unseren Mokka und sprachen kein Wort über die traurige Wirtschaftslage des Staates Israel. Das tun wir nämlich besonders gerne, Jossele und ich: im Kaffeehaus sitzen, Mokka trinken und nicht über unsere traurige Wirtschaftslage sprechen. Im Lokal befand sich außer uns nur noch Gusti, der Inhaber, der in seinem Korbsessel vor sich hin schnarchte, die Zeitung auf dem Schoß. Es war ein ruhiger, friedlicher Abend in diesem sonst so unruhigen Winkel des Nahen Ostens.

»Ich liebe die Ruhe«, ließ sich Jossele mit sanfter Stimme vernehmen. »Sie geht mir über alles. Bist du heute abend bei Weinrebs eingeladen?«

»Leider«, antwortete ich. »Warum?«

Die Weinrebs gehören zu unseren geistig anspruchsvollen Freunden. Man findet bei ihnen immer einige namhafte Kulturträger und andere Vertreter der hochgestochenen Crème de la Crème, also lauter überwältigend langweilige Zeitgenossen.

»Heute«, sagte Jossele, »werden wir ihnen einen Abend ohne Retter bescheren.«

Als wir bei Weinrebs ankamen, war bereits ein halbes Dutzend Crèmerepräsentanten versammelt, darunter der bedeutende Privatgelehrte Benzion Ziegler, der schwatzhafte Ingenieur Glick und diese kulleräugige Dichterin, von der jetzt alle sprechen.

Jossele nahm den Gastgeber beiseite:

»Wer ist heute als Retter vorgesehen?«

»Wie bitte?« Weinreb glotzte verständnislos.

»Ich will Ihnen erklären, was ich meine«, hob Jossele an. »Sie haben gewiß schon bemerkt, daß bei einem Beisammensein wie dem heutigen in einem bestimmten Augenblick allgemeines Schweigen eintritt, weil zu dem soeben behandelten Thema nichts mehr zu sagen ist. Die plötzlich entstandene Stille wird immer peinlicher, bis einer der Anwesenden, der die schwächsten Nerven hat, sie nicht länger ertragen kann. Statt zu warten, bis das Gespräch von selbst wieder in Gang kommt, gibt er irgendeine läppische Phrase von sich, etwa: ›Na ja, so ist das eben!‹, oder ›Das Leben geht weiter‹ oder dergleichen. Verstehen Sie jetzt? Und dieser Mann, der sich dadurch als das schwächste Glied in der gesellschaftlichen Kette entlarvt, ist Ihr Retter.«

»Wie wahr«, nickte Weinreb. »So klar habe ich das noch nie gesehen. Ich werde mich danach richten.«

Jossele zwinkerte mir zu und machte sich an Ingenieur Glick heran, um ihm unter vier Augen das Rettungs-Syndrom zu erklären. Als nächster kam Ziegler an die Reihe, und so ging es weiter. Nach zehn Minuten hatte Jossele sämtliche Anwesenden ins Vertrauen gezogen, einen nach dem andern. Wir zogen uns in eine Ecke zurück und warteten.

Das fällige Schweigen entstand, nachdem der prominente Politologe die schicksalsschweren Worte geäußert hatte: »Meiner Meinung nach wird es nächstes Jahr noch schlimmer werden.«

Da ihm niemand das Gegenteil beweisen konnte, trat allgemeine Stille ein. Die kulleräugige Dichterin öffnete den Mund, besann sich jedoch rechtzeitig auf Josseles Theorie und preßte die Lippen zusammen. Auch aus den Gesichtern der anderen Gäste sprach grimmige Entschlossenheit, nicht als Retter des Abends zu fungieren.

Die Sekunden schlichen dahin. Jossele gab mir mittels Mienenspiels zu verstehen, daß ihn der Erfolg seines Tests befriedigte. Die Adern an Weinrebs Schläfen schwollen an, aber er schwieg.

Eine Minute war vergangen. Eine kleine Ewigkeit. Benzion Ziegler atmete schwer, Glick sog krampfhaft an seiner Pfeife, die Augen der Kulleräugigen kullerten. Eine Minute und vierzig Sekunden. Als der berühmte Rechtsanwalt sich räusperte, blickten alle nach ihm und mußten sich enttäuscht wieder abwenden, denn es blieb beim Räuspern. Auf vielen Stirnen erschienen Schweißtropfen.

Drei Minuten. Weinreb, der einem Zusammenbruch nahe war, erholte sich und rettete nicht. Viereinhalb Minuten dumpfen Schweigens. Ich möchte so etwas kein zweites Mal erleben. Fünf Minuten. Mir wurde schwindlig. Ich wankte. Jossele sah es und machte mir ein Zeichen. Auf Zehenspitzen schlichen wir hinaus. Seither haben wir keinen von Weinrebs Gästen wiedergesehen. Wäre es denkbar… daß sie… noch immer…

Zur Entlastung des Steuerzahlers

Jossele nahm einen Schluck aus seinem Espresso und starrte vor sich hin. Die Welt außerhalb des Kaffeehauses war naß und grau, die Menschen, die draußen vorbeihasteten, kämpften gegen den Wind und gegen die Fabrikationsfehler ihrer Regenschirme. »Wie Affen im Käfig«, brummte Jossele. »Wirklich trostlos. Aber es ist ja kein Wunder. Versuchen mit einem Zweiwochengehalt den ganzen Monat auszukommen… die Frau keppelt… die Kinder schreien nach Kaugummi… und nirgends eine Erleichterung in Sicht…«

»Aber was soll man tun?« Ich fühlte mich gedrängt, die Regierung zu verteidigen. »Wenn man die Löhne erhöht, haben wir die schönste Inflation.«

»Unsinn«, replizierte Jossele. »Es gibt genug andere Wege, das Los des kleinen Mannes zu verbessern. Denken wir nur an die Post. Warum ist es noch immer ein Geheimnis, daß man Briefe auch ohne Marken verschicken kann?«

»Unfrankiert?« fragte ich ungläubig.

»Ganz richtig. Unfrankiert. Nehmen wir an, ich will dir einen Brief schreiben. Jetzt glaubst du natürlich, ich müßte ihn an dich adressieren. Falsch! Statt *deiner* Adresse schreibe ich *meine* auf den Briefumschlag, und zwar eine sehr weit entfernte, zum Beispiel: Se#n#or Jossele, 103 Avenida de los Caballeros, Buenos Aires, Argentina. Und links unten, wo der Absender steht, kommt *deine* Adresse hin: Absender Ephraim Kishon, Afeka. Was geschieht? Auf dem Postamt sehen sie, daß der Brief nicht frankiert ist, und schicken ihn mit einem Stempel, der dich zur Bezahlung des Portos auffordert, an dich als den vermeintlichen Absender zurück. Kapiert?«

»Ein hervorragender Einfall.« Ich nickte bestätigend. »Und verstößt gegen kein mir bekanntes Gesetz. Soll ich ihn veröffentlichen?«

»Du mußt. Es ist deine Pflicht, dem Steuerzahler in diesen schweren Zeiten zu kleinen Einsparungen zu verhelfen.«

Hiermit verholfen.

Neue Wege zum Geschichtsunterricht

Die Reform des Geschichtsunterrichts nahm über zwei Kognaks ihren Anfang. Jossele und ich hatten ganz gegen unsere Gewohnheit über die Inflation gesprochen, und von da war es nur ein Schritt zu Napoleon. Im Gegensatz zu Josseles Behauptung, Napoleon sei 1883 im amerikanischen Exil an Bord der »S. S. Helena« gestorben, stand für mich fest, daß er viel früher gestorben war, aber wie sehr ich mir das Hirn zermarterte – das genaue Datum wollte mir nicht einfallen. Ich rief Gusti, den Cafétier, an unseren Tisch und fragte ihn, was er über die Angelegenheit wisse. Nach angestrengtem Nachdenken erklärte Gusti, das Todesdatum Napoleons sei ihm nicht erinnerlich, wohl aber die Seite des Geschichtslehrbuchs für den zweiten

Jahrgang der Mittelschulen, auf der das Datum angegeben war, Seite 147, Zeile 2 von unten, und er könne sich deshalb so genau daran erinnern, weil er auf dieser Seite eine kunstvolle surrealistische Zeichnung untergebracht hatte, darstellend den Popo des damals von ihm geliebten Mädchens, mit Zöpfen.

»Da haben wir's!« rief Jossele aus. »Die Seitenzahlen! Das ist die Methode, Geschichte zu lehren!«

Wir ließen sofort einige Daten und Fakten, die wir in unserer Schulzeit gelernt hatten, Revue passieren und stellten tatsächlich fest, daß uns zwar in nahezu allen Fällen die Seite des Lehrbuchs im Gedächtnis geblieben war, die das betreffende Ereignis behandelte, nicht aber das Ereignis selbst.

Ein bald darauf vorgenommener Test bei einigen unserer Altersgenossen ergab das gleiche Resultat: Sie alle erinnerten sich nur an die einschlägigen Seitenzahlen ihrer Lehrbücher.

»Wir müssen uns somit fragen«, resümierte Jossele, »welchen Sinn es haben soll, unzählige Daten zu lernen, wenn man sie ohnehin vergißt. Offenbar merkt man sich Seitenzahlen leichter als Jahreszahlen.« Und mit der ihm eigenen Phantasie entwarf er den Verlauf künftiger Prüfungen im Lehrfach Geschichte:

»Wo brach der amerikanische Bürgerkrieg aus?« würde der Lehrer fragen. Die Antwort des fleißigen Schülers:

»Auf Seite 41 im ›Lehrbuch der Geschichte der Vereinigten Staaten‹ von J. F. Morland, dritte durchgesehene Ausgabe. Auf der folgenden Seite errang General Grant seinen ersten Sieg.«

»Und wie endete der Bürgerkrieg?«

»In kleinem Druck auf Seite 45 desselben Buchs, mit einer zeitgenössischen Illustration auf der Gegenseite.«

»Sehr gut. Setzen.« Es steht zu hoffen, daß das Ministerium für Unterricht und Erziehungswesen den genialen Einfall Jосseles aufgreift. Erst vor wenigen Tagen brachten die Zeitungen eine Rede des Unterrichtsministers über das Thema Geschichtsunterricht auf Seite 4, zweite Spalte, fett gedruckt. Ich weiß nicht mehr, was er gesagt hat.

Gangsterfilm in Eigenproduktion

Die Hitzewelle hatte das Kaffeehaus erreicht und machte sich's unter unseren Hemden bequem. Jossele lümmelte faul in seinem Sessel, den Blick ins Leere gerichtet.

»Es ist nicht zum Aushalten«, ächzte er. »Irgend etwas müßte geschehen…«

»Kaufen wir uns ein Lotterielos«, schlug ich ihm vor.

»Um ein paar tausend Pfund zu gewinnen? Ich brauche eine halbe Million.«

»Dann rauben wir die Nationalbank aus.«

»Das ist es!« Mit unvermittelter Lebhaftigkeit nahm Jossele meine Anregung auf. »Das machen wir! Ober, zahlen!«

Kurz nach Mitternacht waren die Vorbereitungen beendet.

Wir hatten unsere Verbindungen zur Unterwelt spielen lassen und vier erfahrene Profis engagiert: die Polakoff-Zwillinge, zwei in Amerika geschulte Bankräuber, »Twiggy« Tonello, den sichersten Revolverschützen des Landes, und Gabi Goldblum, genannt »der Knacker«. Sie warteten vor dem Eingang zur Nationalbank in der Bialikstraße, mit schwarzen Strumpfmasken über ihren Gesichtern und griffbereiten Handwerksgeräten. Die schwere, stählerne Eingangstür wurde von zwei Scheinwerfern scharf angeleuchtet, und während »Twiggy«, der Dynamitfachmann, die Sprengladung zu installieren begann, versuchte ich die Menge der Neugierigen, die sich angesammelt hatten, zurückzudrängen:

»Bitte, machen Sie Platz! Wir sind ja nicht zum Vergnügen hier! Wir brauchen Platz zum Arbeiten! Bitte zurücktreten!«

Niemand rührte sich. Hingegen erkundigten sich fast alle, was hier eigentlich vorginge. Ich bemühte mich, ihren Neugkeitsdrang zu befriedigen:

»Raubüberfall auf die Nationalbank«, sagte ich. »Das perfekte Verbrechen.«

»Ist das der Titel?«

»Nur der Arbeitstitel. Bitte zurücktreten.«

Auf einem Klappstuhl gegenüber dem ins Scheinwerferlicht getauchten Eingangstor saß Jossele, komplett mit Augenschirm, dicker Zigarre und Megaphon, zur Seite die auf einem eindrucksvollen Tripod montierte Kamera, die keinerlei Film im Innern barg. Jetzt erteilte er – unter Verwendung eines bis dahin noch nirgends gehörten amerikanischen Akzents – seine letzten Anweisungen:

»Aufgepaßt, Boys! Sowie das Tor in die Luft fliegt, stürzt ihr hinein. Ich kann die Szene kein zweites Mal schießen, verstanden? Sie muß sofort in den Kasten. Gibt's hier irgendwo Polizei?«

»Jawohl, Sir!« Ein smarter Vertreter der Ordnungsmacht eilte herbei und salutierte. »Was kann ich tun, Sir?«

»Bitte, sorgen Sie dafür, daß die Aufnahme nicht gestört wird, guter Mann«, sagte Jossele leutselig. Dann brüllte er durchs Megaphon: »Okay! Wir fahren!«

Das Auge des Gesetzes hielt die Menge in Schach und beauftragte durch sein Sprechgerät zwei Kollegen, an den beiden nächsten Straßenecken jeden Verkehr zu stoppen.

Ich sprang vor die Kamera und ließ die Holzklappe mit der Aufschrift BANKRAUB-AUSSEN, NACHT IV/I zufallen.

Als es »klick« machte, setzte unser Dynamitexperte die Zündschnur in Brand.

Die Kamera, von einem Cousin der Brüder Polakoff bedient, folgte surrend dem Flämmchen, das sich die Zündschnur entlangfraß.

In atemloser Anspannung starrte die Menge.

Die stählerne Tür der Nationalbank flog mit einem ohrenbetäubenden Knall aus den Angeln und krachte zu Boden.

Durch die Rauchwolke kam eine Männergestalt hervorgetorkelt: »Hilfe! Räuber! Überfall! Polizei! Hilfe!« brüllte der Nachtwächter.

»Gut! Sehr gut!« brüllte Jossele aufmunternd zurück. »Mach weiter, Junge! Noch etwas lauter! Mehr Panik! Wunderbar!«

Der letzte Zuruf galt dem einen Polakoff-Zwilling, der auf den Nachtwächter zugesprungen war und ihm die Beißzange über den Schädel schlug. Der Mann drehte sich um seine eigene Achse und brach lautlos zusammen.

»Stopp!« rief Jossele. »Gute Arbeit, Boys! Bitte, die nächste Einstellung vorbereiten!« Er war offensichtlich zufrieden.

Auch die Zuschauer waren es. Die meisten von ihnen hatten noch nie eine Filmaufnahme dieser Art gesehen und zeigten sich von der Lebendigkeit der Aktion sehr beeindruckt. Natürlich gab es auch kritische Stimmen!

»Der Kerl, der den Nachtwächter gespielt hat, war nicht sehr überzeugend«, hieß es zum Beispiel; oder: »Ich habe von seinem Text kein Wort verstanden.«

Ein Kenner mischte sich ein:

»Sie scheinen nicht zu wissen, daß der Text erst nachher dazukommt. Man nennt das ›Synchronisieren‹.

»Alles zurücktreten!« Das war jetzt wieder Jossele. »Und bitte um Ruhe! Wir können hier nicht die ganze Nacht verbringen!«

In den Fenstern der umliegenden Häuser erschienen die Gesichter schlaftrunkener Bürger:

»Schon wieder so eine verdammte Filmaufnahme!« schimpften sie. »Warum wird das Zeug nicht im Studio gedreht?«

Fachmännische Belehrungen klangen ihnen entgegen:

»Reden Sie nicht, wenn Sie nichts verstehen… Haben Sie eine Ahnung, was es kosten würde, die Nationalbank im Studio nachzubauen… Wir sind nicht in Hollywood…«

Ein freiwilliger Ratgeber empfahl uns, die Szene mit dem Nachtwächter wegzulassen, wir bekämen sonst vielleicht Schwierigkeiten mit der Zensur. Ob wir für das Drehbuch eine offizielle Genehmigung eingeholt hätten, wollte ein anderer wissen.

Das sei noch in Schwebe, antwortete ich und überhörte die Frage eines dritten, welche Schauspieler sich hinter den schwarzen Masken verbargen.

Der Polizist wandte sich an Jossele:

»Ist das eine ausländische Produktion?«

»Nein. Alles einheimisch.«

»Und wer finanziert das?«

»Die Regierung«, sagte Jossele und entzog sich dem polizeilichen Wissensdurst, indem er lautstark neue Direktiven erteilte: »Bitte um größte Ruhe! Wir müssen den Alarm aufs Tonband bekommen! Alles fertig? Okay! Wir fahren!«

Die Kamera fuhr auf den Eingang zu, und die Brüder Polakoff krochen durch das gähnende Loch. Kurz darauf erklang das schrille Signal der Alarmanlage.

»Schnitt!« brüllte Jossele.

Tatsächlich verstummte das Alarmsignal nach wenigen

Sekunden. Die Zwillinge hatten Josseles Anweisung befolgt und die Drähte durchgeschnitten.

»Genau wie in den amerikanischen Gangsterfilmen« bemerkte ein Zuschauer sarkastisch; ich wies ihn zurecht:

»Der Film hat seine eigenen Gesetze, Herr. Wir müssen uns nach den Gesetzen richten.«

Es wurde immer schwerer, die Leute zurückzuhalten. Sie betasteten unsere technische Ausrüstung, stellten dumme Fragen und drängten sich vor die Kamera. Wir atmeten auf, als ein schmucker Wagen des Überfallkommandos eintraf. Etwa zwanzig Prachtgestalten sprangen heraus und führten im Handumdrehen – unter dem ein paar Widerspenstige sehr zu leiden hatten – die entsprechenden Absperrungsmaßnahmen durch.

»Bitte, bitte!« klang es flehentlich hinter der Kette der Uniformierten hervor. »Wir möchten gerne ins Bild kommen, bitte!«

Jossele wählte fünf stämmige Gesellen aus, die der Kamera ins Innere des Bankgebäudes folgen durften.

»Inside shot«, bemerkte der Experte unter ihnen. »Wenn statt draußen drinnen gedreht wird, so heißt das inside shot.«

Nicht ohne Mühe schoben die fünf das schwere Stahlsafe von der Wand fort. Dafür durften sie dann sekundenlang in die Kamera grinsen.

Die Polakoff-Zwillinge fluchten erbärmlich, während sie die nötigen Löcher in das Safe drillten. Sie hatten noch nie bei Scheinwerferlicht gearbeitet.

Gegen vier Uhr früh ordnete Jossele die letzte Aufnahme an. Meine Holzklappe trug die Aufschrift AB MIT DEM GELD – INNEN, IX/18.

Wir packten die 800 000 Pfund hübsch gebündelt in ein Köfferchen, verstauten die Filmausrüstung in unsern Lieferwagen und verließen unter lauten Beifallskundgebungen der Menge den Schauplatz.

»Vergeßt nicht, uns Karten zur Premiere zu schicken!« rief uns der Polizeisergeant nach.

»Machen wir!« rief Jossele zurück, ehe er sich erschöpft niederließ.

Es war eine anstrengende, aber erfolgreiche Arbeit. Wer sagt da noch, daß die israelische Filmindustrie keine Zukunft hat?

Gewußt wo

Es war ein heißer Sommertag, und wir saßen in unserem Stammcafé schon eine geraume Weile stumm nebeneinander. Ich beobachtete den Heuschnupfen, der langsam die Dizengoff-Straße herunterkam und knapp vor mir haltmachte. Jossele fing eine Fliege und entließ sie gegen Kaution. Dann nahm er das Gespräch wieder auf:

»Ein Tonbandgerät? Du hast ein Tonbandgerät bekommen?«

»Ja. Zum Geburtstag. Onkel Egon hat es mir aus Amerika geschickt. Und jetzt soll ich 230 Pfund Zoll dafür zahlen.«

»Kommt nicht in Frage.« Jossele schüttelte den Kopf.

»Was hast du dagegen unternommen?«

»Gestern war ich zum sechstenmal auf dem Zollamt. Ich bat,

ich bettelte, ich flehte, ich heulte, ich habe sogar einen Tobsuchtsanfall produziert. Nichts zu machen.«

»Kein Wunder. Um eine Zollangelegenheit zu erledigen, geht man nicht zur Zollbehörde.«

»Wohin denn sonst?«

Statt einer Antwort griff Jossele nach dem Telefonbuch und ließ seinen Finger über das Verzeichnis der überaus zahlreichen Regierungsstellen gleiten:

»Bürgerrechtskommission... Statistisches Büro... Straßenbau... Bewässerung... halt, ich hab's!«

»Was?«

»Das offizielle Fremdenverkehrsamt. Komm!«

Nachdem wir dem Taxi entstiegen waren, zerraufte Jossele seine Frisur und stürzte mit wild rollenden Augen in die Amtsräumlichkeiten:»Wer ist für diesen Laden verantwortlich?« brüllte er. »Ich will mit dem Chef sprechen! Sofort! Ich verlange mein Recht! Wo ist der Chef? He, Sie dort!«

Herr Siedort, ein kleiner Mann mit großer Brille, merkte auf den ersten Blick, daß er keinen Touristen vor sich hatte, war infolgedessen ratlos und begann zu stottern:

»Was... wie... was kann ich für Sie tun?«

»Das werden Sie gleich erfahren!« Jossele schmetterte seine Faust auf das Pult, daß die Prospekte durcheinandertanzten. »Ich werde es Ihnen sehr deutlich sagen, verdammt noch einmal! Sie unterstehen sich, für ein schäbiges Tonbandgerät 230 Pfund Zoll zu verlangen – und dann fragen Sie noch, was Sie für mich tun können? Unerhört!«

Die amerikanischen Touristen, die auf ihre Gruppenführung durch das Heilige Land warteten, beobachteten mit einer Mischung aus Angst und Neugier, wie Herr Siedort dem wutschnaubenden Jossele verzweifelt klarzumachen versuchte, daß er sich an der falschen Adresse befände und daß hier keine Zollangelegenheiten behandelt würden. Aber damit goß er nur Öl in Josseles Feuer:

»Was?! Sie als offizielle Regierungsstelle sind für eine offizielle Regierungssache nicht zuständig? Das wagen Sie mir ins Gesicht zu sagen? Herr! Wenn Sie diese Sache nicht sofort in Ordnung bringen, schlage ich einen derartigen Krach, daß Ihre Kinder noch lange davon reden werden, noch lange nach Ihrer demnächst stattfindenden Beerdigung!«

»Einen Augenblick, bitte.« Der völlig verschreckte Beamte verschwand im Nebenraum. Durch die Glastür sah man ihn den Telefonhörer abheben.

Nach einigen Minuten kam er zurück, noch ein wenig zitternd, aber mit einem Lächeln im bleichen Gesicht:

»Ich habe mit dem Leiter der Zollbehörde gesprochen. Es handelt sich um einen Irrtum. Sie können Ihr Tonbandgerät zollfrei in Empfang nehmen.«

»Ihr Glück!« brummte Jossele, während wir uns zum Gehen wandten. »Fragen Sie nicht, was sonst geschehen wäre!«

Wieder im Kaffeehaus angelangt, beschlossen wir, demnächst eine der vom Fremdenverkehrsamt veranstalteten Autobusfahrten durch Galiläa zu unternehmen. Morgen gehen wir zur Zollbehörde und reservieren unsere Plätze.

Verbotene Spiele

Kommt zu mir, liebe Kinder, und setzt euch um mich herum. Wenn ihr mir versprecht, ruhig zuzuhören, erzählt euch Onkel Jossele die Geschichte von einem Mann namens Sulzbaum. Es ist eine wahre Geschichte, ihr könnt euren Papi fragen. Herr Sulzbaum war ein bescheidener Mann, der still und friedlich dahinlebte, ohne mit seinem Erdenlos zu hadern.

Er nannte eine kleine Familie sein eigen:

eine liebende Frau wie eure Mutti und zwei schlimme Buben wie ihr selbst, haha. Herr Sulzbaum war ein kleiner Angestellter in einem großen Betrieb. Sein Einkommen war karg, aber die Seinen brauchten niemals zu hungern.

Eines Abends hatte Herr Sulzbaum Gäste bei sich, und als sie so beisammen saßen, schlug er ihnen des Spaßes halber vor, Karten zu spielen. Gewiß, liebe Kinder, habt ihr schon von einem Kartenspiel gehört, welches »Poker« heißt. Erst vor kurzem haben unsere Gerichte entschieden, daß es zu den verbotenen Spielen gehört. Herr Sulzbaum aber sagte: »Warum nicht? Wir sind doch unter Freunden. Es wird ein freundliches kleines Spielchen werden.«

Um es kurz zu machen: Herr Sulzbaum gewann an diesem Abend sechs Pfund. Das war sehr viel Geld für ihn, und deshalb spielte er am nächsten Abend wieder. Und auch am übernächsten. Und dann Nacht für Nacht. Und meistens gewann er. Das Leben war sehr schön.

Wen das Laster des Kartenspiels einmal in den Klauen hat, den läßt es so geschwind nicht wieder los. Herr Sulzbaum gab sich mit freundlichen kleinen Spielchen nicht länger zufrieden. Er wurde Stammgast in den Spielklubs. Ein Spielklub, liebe Kinder, ist ein böses, finsteres Haus, das von der Polizei geschlossen wird, kaum daß sie von seiner Wiedereröffnung erfährt.

Anfangs blieb das Glück Herrn Sulzbaum treu. Er gewann auch in den Spielklubs, er gewann sogar recht ansehnliche Beträge und kaufte für seine kleine Familie eine große Wohnung mit Waschmaschine und allem Zubehör. Sein treues Weib wurde nicht müde, ihn zu warnen: »Sulzbaum, Sulzbaum«, sagte sie, »Mit dir wird es ein schlimmes Ende nehmen.« Aber Sulzbaum lachte sie aus: »Wo steht es denn geschrieben, daß jeder Mensch beim Kartenspiel verlieren muß? Da die meisten Menschen verlieren, muß es ja auch welche geben, die gewinnen.«

Immer höher wurden die Einsätze, um die Herr Sulzbaum spielte, und dazu brauchte er immer mehr Geld. Was aber tat Herr Sulzbaum, um sich dieses Geld zu verschaffen? Nun, liebe Kinder? Was tat er wohl? Er nahm es aus der Kasse des Betriebs, in dem er angestellt war. »Morgen gebe ich es wieder zurück«, beruhigte er sein Gewissen. »Niemand wird etwas merken.«

Wahrscheinlich wißt ihr schon, liebe Kinder, wie die Geschichte weitergeht. Wenn man einmal auf die schiefe Bahn geraten ist, gibt es kein Halten mehr. Nacht für Nacht wurden die Einsätze höher, und als er sich eines Morgens bleich und übernächtig vom Spieltisch erhob, war er ein steinreicher Mann. (Ich muß aus Gerechtigkeitsgründen zugeben, daß Herr Sulzbaum wirklich sehr gut Poker spielt.) In knappen sechs Monaten hatte er ein gewaltiges Vermögen gewonnen. Das veruntreute Geld gab er nicht mehr in die Betriebskasse zurück, denn in der Zwischenzeit hatte er den ganzen Betrieb erworben, und dazu noch eine Privatvilla, zwei Autos und eine gesellschaftliche Position. Heute ist Herr Sulzbaum einer der angesehensten Bürger unseres Landes. Seine beiden Söhne genießen eine hervorragende Erziehung und bekommen ganze Wagenladungen von Spielzeug geschenkt.

Moral: Geht schlafen, liebe Kinder, und kränkt euch nicht zu sehr, daß euer Papi ein schlechter Pokerspieler ist.

Ein vergnüglicher Abend

Wir saßen auf der Terrasse, schlürften unseren Espresso und warfen sehnsüchtige Blicke auf die Parkverbotstafeln entlang des Gehsteigs. Um diese dämmerige Abendstunde pflegten wir das »Espresso-Gambit« zu eröffnen, auch »Auto-Adoptivspiel« genannt. Aber noch wollte sich kein Verkehrspolizist zeigen. Es dauerte eine gute Stunde, ehe der erste Vertreter dieser liebenswerten Spezies auftauchte, schlank, rank, schlenkernden Schritts und gestutzten Schnurrbarts.

In fiebriger Anspannung warteten wir, bis er vor einem knallroten, zwischen zwei Parkverbotstafeln parkenden Sportwagen haltmachte und den Strafzettelblock aus seiner Brusttasche zog. Als er den Bleistift ansetzte, also genau im richtigen Augenblick, sprang Jossele auf und stürzte hinzu:

»Halt, halt!« keuchte er. »Ich bin da nur für eine Minute hineingegangen... nur um rasch einen Espresso zu trinken...«

»Herr«, antwortete das Gesetz, »erzählen Sie das dem Verkehrsrichter.«

»Wenn ich doch aber wirklich nur für eine Minute...«

»Sie stören eine Amtshandlung, Herr!«

»Wirklich nur für einen raschen Espresso... Wie wär's und Sie drücken ausnahmsweise einmal ein Auge zu, Inspektor?«

Der Polizist füllte mit genießerischer Langsamkeit den Strafzettel aus, befestigte ihn am Scheibenwischer und sah Jossele durchdringend an:

»Können Sie lesen, Herr?«

»Gewiß.«

»Dann lesen Sie, was auf dieser Tafel steht!«

»Parken verboten von 0 bis 24 Uhr«, murmelte Jossele schuldbewußt. »Aber wegen einer lächerlichen Minute... wegen einer solchen Lappalie...«

»Noch eine einzige derartige Bemerkung, Herr, und ich bringe auch den Paragraph 17 in Anwendung, weil Sie zu weit vom Randstein geparkt haben.«

»Sehen Sie?« rief Jossele. »Das ist der Grund, warum die Menschen Sie hassen.«

»Paragraph 17«, antwortete der Ordnungshüter, während er ein neues Strafmandat ausschrieb. »Und wenn Sie mich noch lange provozieren, verhafte ich Sie.«

»Warum?«

»Ich schulde Ihnen keine Erklärungen, Herr. Ihre Papiere!«

Jossele reichte sie ihm.

»Herr! Ihre Krankenkasse interessiert mich nicht! Wo ist Ihr Führerschein?«

»Ich habe keinen.«

»Sie haben keinen? Paragraph 23. Haben Sie einen Zulassungsschein? Eine Steuerkarte? Eine Unfallversicherung?«

»Nein.«

»Nein?«

»Nein. Ich habe ja auch keinen Wagen.«

Stille. Lastende, lähmende Stille.

»Sie haben... keinen... Wagen?« Das Auge des Gesetzes zwinkerte nervös. »Ja, aber... wem gehört dann dieses rote Cabriolet?«

»Wie soll ich das wissen?« replizierte Jossele, nun schon ein wenig verärgert. »Ich bin ja nur für einen raschen Espresso hier ins Café gegangen. Das ist alles, und das versuche ich Ihnen die ganze Zeit zu erklären. Aber Sie hören ja nicht zu...«

Das Amtsorgan erbleichte. Seine Kinnladen bewegten sich lautlos, wenn auch rhythmisch. Langsam zog er das zweite Strafmandat hinter dem Scheibenwischer hervor und zerriß es in kleine Teilchen, einen Ausdruck unendlicher Trauer in seinem Gesicht.

Dann verschwand er in der Dunkelheit.

Alles in allem: ein vergnüglicher Abend.

Rohmaterial für drei Geschichten

»Jossele«, stöhnte ich aus vertrockneter Kehle, »hat es schon jemals einen so irrsinnig heißen Sommer gegeben?«

»Ich erinnere mich nur an einen einzigen«, antwortete Jossele. »Voriges Jahr.« Wir saßen bereits seit einer Stunde über unserem Mokka, und es war uns noch kein einziger konstruktiver Gedanke gekommen. Der Ventilator spie uns die angestaute Hitze ins Gesicht, die beiden Kellner waren sogar zu faul, die Zeitung zu lesen, nichts rührte sich. Lähmende, lastende Leere ringsum. Und bis zum Abend sollte ich meinen Beitrag für die Wochenendausgabe in der Redaktion abliefern.

»Hast du nicht irgendwelches Material für eine Geschichte, Jossele?« fragte ich verzweifelt.

Jossele wußte Rat, wenn auch langsam:

»Eine Geschichte. Hm. Heutzutage muß eine Geschichte aus dem Leben gegriffen sein. Warum schreibst du nicht über den sauern Grünspan?«

»Über wen?«

*

»Er hieß der saure Grünspan«, hob Jossele an, »weil er von mürrischer Wesensart war und ständig einen säuerlichen Gesichtsausdruck mit sich herumtrug. Niemand im Amt konnte ihn leiden. Er bekleidete einen untergeordneten Posten in einer Unterabteilung des Finanzministeriums und wurde nie befördert. Alle wurden mit der Zeit befördert, nur er nicht. Kein Wunder, daß er die ganze Welt haßte. Nur einmal in der Woche hellten sich seine säuerlichen Gesichtszüge ein wenig auf. Immer nach der Gehaltsauszahlung zeigte er seinen Kollegen die zwei Lotterielose, die er gekauft hatte, und sagte: ›Sollte ich jemals den Haupttreffer machen, dann verschwinde ich eine Minute später aus dieser Pestgrube und will nie wieder etwas mit euch zu tun haben!‹ Nachdem er das oft genug gesagt hatte, kamen seine Kollegen auf den nicht gerade sensationellen, aber durchaus begreiflichen Einfall, die Nummern seiner beiden Lotterielose zu notieren, und am folgenden Freitag stürzte einer von ihnen mit der Nachricht ins Zimmer: soeben wären im Radio die Nummern der beiden Haupttreffer verlautbart worden, 449 666 und 83 272 mit je 45 000 Pfund. Alle zogen zu Kontrollzwecken ihre Lose hervor, und der saure Grünspan fiel beinahe in Ohnmacht, denn er sah, daß seine Nummern gewonnen hatten. Schon riß ein anderer die Tür auf: ›Habt ihr gehört? Die zwei Haupttreffer entfallen auf die Lose 449 666 und 83 272!‹ Und als ein dritter die gleiche Nachricht brachte, schwanden Grünspans letzte Zweifel – er war ein reicher Mann. ›Das ist der Augenblick, auf den ich gewartet habe!‹ zischte er, schob seine 90 000-Pfund-Lose in die Tasche und eilte in den dritten Stock, ins Büro des Ministers. ›Herr!‹ rief er ihm zu, ›seit Jahren sehne ich die Gelegenheit herbei, Ihnen meine Meinung ins Gesicht zu sagen. Jetzt ist es so weit. Sie sind ein Arschloch, Ihre Beamten sind unfähige Schwachköpfe oder Betrüger und Ihr Ministerium ist eine Brutstätte der Korruption. Ich werde dafür sorgen, daß besonders die letztgenannte Tatsache allgemein bekannt wird. Worauf Sie sich verlassen können.‹ Damit ließ Grünspan den verdutzten Minister sitzen, ging in sein Zimmer zurück, packte seine Sachen und verschwand, ohne sich von irgend jemandem zu verabschieden. Erst als am nächsten Tag die Ziehungslisten herauskamen, stellte er fest, daß er einem Scherz aufgesessen war.«

»Das ist aber eine grausame Geschichte, Jossele«, sagte ich. »Und ein grausames Ende.«

»Wieso grausam?« gab Jossele zurück. »Das Ende war, daß der Minister den sauern Grünspan tags darauf zum Generalsekretär ernannte.«

*

»Nun ja.« Ich brauchte eine kleine Pause, um meine Gelassenheit zurückzugewinnen. »So etwas war ja vorauszusehen. Aber im ganzen ist die Geschichte so negativ, daß ich sie lieber nicht schreiben möchte.«

»Wie du meinst«, sagte Jossele. »Dann schreib über die Tragödie der dicken Selma...«

*

»Sie war« – begann Jossele seinen Bericht – »die ewige Braut unseres Cafétiers Gusti. Ein prachtvolles Mädel, treu, liebevoll, häuslich und, wie gesagt, sehr dick. Die beiden lebten seit Jahren zusammen, aber von Hochzeit war nie die Rede. Das fiel der dicken Selma allmählich auf, und nach einigem Nachdenken entdeckte sie auch die Ursache. ›Gut‹, sprach sie zu sich, ›ich werde abnehmen. Wenn ich erst einmal mein überschüssiges Fett los bin, ist alles in Ordnung.‹ Was tut man, um abzunehmen? Man läßt sich massieren. Gusti kannte eine Masseuse, mit der er auf bestem Fuß stand, ohne daß es zu etwas geführt hätte – vielleicht weil auch diese Dame sehr dick war, genau wie Selma. Sie wußte um das Geheimnis der Abmagerungsmassage und machte sich erbötig, Selma innerhalb Monatsfrist zu entfetten. Du kannst dir denken, wie es dabei zugegangen ist. Die dicke Selma lag auf der Pritsche, und die Masseuse fiel über sie her, schlug mit den Handkanten auf sie ein, knetete sie, rollte sie vom Bauch auf den Rücken und vom Rücken auf den Bauch, Tag für Tag, manchmal drei Stunden lang. Mit Unmut beobachtete Gusti den Erfolg der Behandlung. Ein Pfund nach dem anderen verschwand, das Fett wich fraulichem Charme, bis dahin verborgene weibliche Reize traten zutage, und nach einem Monat führte Gusti die Geliebte seines Herzens zum Altar. Alle Hochzeitsgäste waren sich darüber einig, daß sie noch nie eine so hübsche, schlanke Braut gesehen hatten wie Abigail.«

»Abigail?« unterbrach ich. »Wer ist Abigail?«

»Die Masseuse«, antwortete Jossele. »Oder hast du geglaubt, die dicke Selma hätte vom Massieren abgenommen?«

*

»Natürlich nicht.« Diesmal faßte ich mich etwas rascher. »Das war mir von vornherein klar. Aber die Geschichte eignet sich nicht für mich. Sie widerspricht meinen Moralbegriffen. Einen Mann, der gleich mit zwei Frauen in Sünde lebt, kann ich nicht brauchen.« – »Dann bleibt nur noch Coco, der Bildhauer.« Jossele holte Atem und begann.

*

»Es ist eine mystische, fast schon ein wenig unheimliche Geschichte aus den Gefilden der Kunst und Kultur. Coco, ein nicht unbegabter Bildhauer, hatte in Frankreich und Italien ausgestellt und mehrere Preise gewonnen, aber er fühlte, daß er sein wirkliches Meisterwerk erst noch schaffen mußte. Eines Morgens überkam ihn die Inspiration mit solcher Macht, daß er sein Atelier versperrte und fieberhaft an der Skulptur eines jungen Frauenkörpers zu arbeiten begann. Er geriet in einen wahren Taumel der Kreativität, unterbrach seine Arbeit immer nur für ganz kurze Zeit, um die Notdurft seines Leibes zu stillen, und ließ die Statue keine Minute lang allein. Zum Schluß – und niemand, der ›My Fair Lady‹ gesehen hat, wird davon überrascht sein – verliebte er sich in seine eigene Schöpfung. Er nannte sie ›Venus von Gilead‹, und wenn er des Nachts schlaflos auf seiner Bettstatt lag, flüsterte er ihren Namen leise und zärtlich in die Dunkelheit. Das Wunder geschah – die Götter erbarmten sich seiner und hauchten der Statue Leben ein. In einer sternklaren Nacht verließ die Venus von Gilead ihr Piedestal, trat an Cocos Bett, beugte sich zu ihm nieder und sagte: ›Ich liebe dich!‹ Auf Erden lebt seither kein glücklicherer Mensch als Coco. Nur ein einziger Wermutstropfen ist in seine Seligkeit gefallen: Er kann sich mit seiner Geliebten nicht in der Öffentlichkeit zeigen.«

»Warum nicht?« fragte ich. »Soviel ich weiß, ist Coco Junggeselle?«

»Das stimmt«, bestätigte Jossele. »Aber seine Geliebte besteht aus einem nierenförmigen Marmorblock mit einem ovalen Loch in der Mitte und zwei schrägen Metallstangen, die oben durch eine Dachrinne verbunden sind. Ich vergaß zu sagen, daß Coco ein abstrakter Bildhauer ist.«

Wo ist die Zerkowitz-Straße?

Jossele und ich schlenderten den Rothschild-Boulevard entlang. Der Gesprächsstoff war uns schon seit einiger Zeit ausgegangen, und ein neuer wollte uns nicht einfallen. Plötzlich sah ich, wie Jossele sich straffte und hörte ihn das rätselhafte Wort »Zerkowitz« vor sich hin murmeln. Gleich darauf trat er an einen unschuldigen Fußgänger heran: »Bitte, können Sie mir sagen, wo die Zerkowitz-Straße ist?«

»Welche Nummer suchen Sie?« fragte der unschuldige Fußgänger. – »Nummer 67. Dritter Stock.«

»Zerkowitz… Zerkowitz… Sehen Sie die breite Querstraße dort unten? Ja? Also die Zerkowitz-Straße ist die erste Abzweigung links.«

»Nicht die zweite?«

»Warum soll es die zweite sein?«

»Ich dachte, es wäre die zweite.«

Unser Fußgänger begann leichte Anzeichen von Ungeduld zu zeigen: »Wenn es die zweite wäre, hätte ich Ihnen gesagt, daß es die zweite ist. Aber es ist die erste.«

»Wieso wissen Sie das?«

»Was meinen Sie – wieso ich das weiß?«

»Ich meine: wohnen Sie vielleicht in dieser Straße?«

»Ein Freund von mir wohnt dort.«

»Bobby Grossmann?«

»Nein. Ein Ingenieur.«

»Wer sagt Ihnen, daß Bobby Grossmann kein Ingenieur ist?«

»Entschuldigen Sie – ich kenne Herrn Grossmann gar nicht.«

»Natürlich kennen Sie ihn nicht. Die erste Straße nach links ist nämlich der Birnbaum-Boulevard, nicht die Zerkowitz-Straße.«

»Ja, das stimmt... Hm. Aber welche ist dann die Zerkowitz-Straße?«

Wenn man Jossele etwas fragt, bemüht er sich zu antworten. So auch jetzt:

»Zerkowitz... Zerkowitz... warten Sie. Sie gehen geradeaus, biegen in die erste Straße rechts ein, und dann ist es die dritte Querstraße links.«

»Danke vielmals«, sagte der unschuldige Fußgänger, der nicht mehr genau zu wissen schien, woran er war. »Es tut mir leid, Sie belästigt zu haben.«

»Keine Ursache.« Wir trennten uns. Der Unschuldige ging geradeaus, bog rechts ein und strebte nach links der Zerkowitz-Straße zu. Wahrscheinlich erklomm er im Haus Nr. 67 den dritten Stock, ehe ihm inne wurde, daß er dort nichts verloren hatte.

Jossele und ich ließen uns auf der nächsten Bank nieder.

»Das Dumme ist«, sagte Jossele nach einer Weile, »daß es überhaupt keine Zerkowitz-Straße gibt.«

Gäste willkommen

Ich fragte Jossele, ob er den Sabbathvormittag nicht mit mir zusammen am Strand verbringen möchte.

»Das wird leider nicht gehen«, sagte Jossele. »Wegen meiner Bar-Mizwah*.«

»Entschuldige, Jossele. Ich habe schlecht verstanden. *Wessen* Bar-Mizwah, sagtest du?«

»Das weiß ich nicht. Es interessiert mich auch nicht. Hauptsache ist: Bar-Mizwah. Willst du mitkommen?«

* Während der Bar-Mizwah-Feier werden dem Sohn der Familie, der das 13. Lebensjahr vollendet hat, alle religiösen und kultisch-rituellen Pflichten des erwachsenen Mannes übertragen.

Damit begann es. Jossele eröffnete mir, daß er schon seit vielen Jahren seine Sabbathvormittage regelmäßig im »Industriellen-Club« von Tel Aviv verbringt, weil dort immer etwas los sei – ein Empfang, eine Bar-Mizwah, eine Hochzeit. »In jedem Fall bekommt man sehr gut zu essen und zu trinken«, klärte er mich auf. »Dann geht man mit einem Mädchen oder mit einem kleineren Darlehen weg und hat eine schöne Erinnerung. Ich empfinde solche Sabbathvormittage als Krönung der Woche.«

Pünktlich um elf Uhr, angetan mit unseren dunkelsten Anzügen, fanden wir uns im Industriellenpalast ein. Unterwegs bat ich Jossele um Tips für richtiges Verhalten, aber das lehnte er ab. Darauf müsse man von selbst kommen, meinte er, oder man täte besser, zu Hause zu bleiben. Das einzige, was er mir raten könne: am Tag vorher nichts zu essen.

Einige tausend Personen waren bereits versammelt, als wir ankamen. Am Eingang stand ein gutgekleidetes, sichtlich wohlhabendes Ehepaar, das die Gäste in Empfang nahm und sehr erschöpft wirkte. Daneben trat ein dümmlich grinsender Knabe von einem Fuß auf den andern. Wir schlossen uns der langsam sich dahinschiebenden Schlange an.

»Maseltow!« sagten wir unisono, als wir vor den Eltern angelangt waren, und schüttelten ihnen herzlich die Hände. »Wir gratulieren!«

»Danke«, antworteten die Eltern unisono. »Wir freuen uns, daß Sie gekommen sind.«

Dann beugte sich Jossele zur eigentlichen Hauptperson nieder und tätschelte die Wangen des mannbar gewordenen Jünglings, der schamhaft errötete und ein verlegenes Kichern durch die Nase stieß.

»Wer sind die zwei?« hörte ich, als wir weitergingen, die Stimme der Mutter in meinem Rücken und hörte die Stimme des Vaters antworten: »Keine Ahnung. Wahrscheinlich von irgendeiner Gesandtschaft.«

Kaum hatten wir gemessenen Schrittes den großen Empfangssaal betreten, als Jossele ein schärferes Tempo vorlegte. »Rasch zum Buffet!« raunte er mir zu. »Jede Sekunde zählt. Man sollte es nicht glauben, aber manche Leute kommen nur her, um sich anzufressen. Wenn wir uns nicht beeilen, haben wir das Nachsehen.«

Die Brötchen waren ganz hervorragend, besonders die mit gehackter Gansleber. Wir aßen ihrer je zwanzig und spülten etwas Bier und Kognak nach, um Platz für die Würstchen und die Bäckereien zu schaffen, die bald darauf gereicht wurden. Schon nach einer halben Stunde fühlten wir uns wie zu Hause. Ich winkte einen Kellner herbei, der sich mit einem bereits geleerten Tablett davonmachen wollte, und trug ihm auf, mir eine Eisbombe zu verschaffen, aber schnell. Jossele bestellte ein Beefsteak und nachher eine Pêche Melba. Einige Gläser Champagner gaben uns wieder ein wenig Aktionsfreiheit für die Ananas. Während des Essens machten wir die Bekanntschaft zweier Minister und baten sie um Posten. Dann interviewten wir den Rektor der Universität Jerusalem. Eine dicke Dame verteilte Freikarten fürs Theater. Wir nahmen sechs.

Nach zwei anregend verbrachten Stunden warf Jossele einen prüfenden Blick nach der Küchentür und winkte mich dann zum Ausgang. Jetzt käme nichts mehr, sagte er.

Wir passierten den großen Tisch, auf dem die Bar-Mizwah-Geschenke aufgeschichtet waren. Jossele wählte eine Bibel und ein englisches Wörterbuch, das er schon lange gesucht hatte, ich entschied mich für eine Luxusausgabe von Shakespeares Werken und ein Paar Schlittschuhe.

Nächste Woche gehen wir zu einer Hochzeit.

Das Werkstatt-Kabarett

Seit Jossele sich einen Wagen gekauft hat, vergeuden wir unsere Zeit nicht mehr mit Theaterbesuchen. Wir veranstalten unser eigenes Werkstatt-Kabarett, gestern zum Beispiel in Onkel Bens Werkstatt. Onkel Ben ist Israels einziger Mechaniker mit Seele. Bei ihm wird man nicht geneppt. Er betrachtet seine Kunden als menschliche Wesen.

Der Gedanke, ihn aufzusuchen, kam uns während einer kleinen Spazierfahrt auf der neuen Überlandstraße nach Haifa.

»Was für ein prachtvoller Wagen!« stellte Jossele mit hörbarer Genugtuung fest. »Fliegt nur so dahin. Kein Lärm, keine Fehlzündung, kein Stottern. Man sollte immer nur fabriksneue Wagen fahren.«

»Du hast recht«, bestätigte ich. »Was machen wir also?«
»Wir suchen eine Werkstatt auf.«
Onkel Ben empfing uns persönlich:
»Ärger mit dem Wagen?«
»Weiß der Teufel.« Jossele schüttelte besorgt den Kopf. »Irgend etwas stimmt nicht mit meinem Wagen.«
Onkel Ben forderte ihn auf, den Motor laufen zu lassen, und stellte nach einigen Sekunden intensiven Abhorchens fest, es läge an den Ventilen. Sie wären abgenützt und müßten durch neue ersetzt werden.
»Was wird das kosten?« fragte Jossele.
»Sechzig Pfund.«
»In Ordnung.«
»Damit kein Mißverständnis entsteht: sechzig Pfund für jedes Ventil«, verdeutlichte Onkel Ben. »Macht für sechs Ventile 360 Pfund. Okay?«
»Okay.«
»Für das Einsetzen der Ventile bekomme ich 400 Pfund. Wie klingt das?«
»Durchaus annehmbar.«
»Und würden Sie es für übertrieben halten, wenn ich Ihnen das Abmontieren der alten Ventile mit 600 Pfund berechne?«
»Nein, das würde ich nicht für übertrieben halten.«
»Natürlich nicht. 600 Pfund fürs Abmontieren? Da müßte ich ja verrückt sein. Aber ich mache Ihnen einen fairen Preis: 800 Pfund. Fair genug?«
»Gewiß. Es ist ja eine sehr anstrengende Arbeit.«
»Eben. Sechs Ventile zu 800 Pfund macht 4800 Pfund. Zu teuer?«
»In keiner Weise.«
»Dann gehen Sie bitte hinüber ins Büro und hinterlegen Sie eine Anzahlung von 6000 Pfund.«
»Danke.«
»Nichts zu danken. Den Wagen lassen Sie gleich hier.«

»Das ist nicht mein Wagen«, sagte Jossele. »Meinen Wagen bringe ich Ihnen morgen.«

»Und der hier?« Onkel Ben sah ein wenig dümmlich drein.

»Der ist gestern aus der Fabrik gekommen und in tadellosem Zustand.«

»Na schön«, ließ sich nach kurzer Pause Onkel Ben vernehmen. »Dann kommen Sie morgen her, und wir tauschen die Ventile aus.«

Einen nachdenklichen Meister zurücklassend, fuhren wir ab.

»Ich habe einen Fehler gemacht«, sagte Jossele nach einer Weile. »Ich hätte ihm den Wagen um 5400 Pfund verkaufen sollen – dann wäre ich ihm nur 600 für die Reparatur schuldig gewesen. Daß einem oft die simpelsten Lösungen nicht einfallen! Na, schadet nichts. Morgen fahren wir in die Werkstatt der Brüder Salomon und spielen einen Vergaser-Sketch...«

Wegweisung

In einer dieser neuen Wohnbauten unserer Regierung hatte endlich auch Jossele eine Wohnung bekommen, der Glückspilz, und lud mich für Samstag ein, sie zu besichtigen. Am Samstag gibt es bekanntlich keine öffentlichen Verkehrsmittel, seit die religiösen Parteien in der Regierungskoalition sitzen und streng darauf achten, daß die Sabbathruhe durch keinerlei Verstöße gegen das Fahrverbot gestört wird. Zum Glück besitze ich ein Fahrrad. Zwar unterliegen auch Fahrräder den Sabbathgesetzen, aber man kann es schließlich nicht allen Leuten recht machen.

»Ich habe noch keine Adresse«, sagte Jossele, »weil das Haus noch nicht numeriert ist. Deshalb muß ich dir genau erklären, wie du hinkommst. Du fährst bis zur Rabbi-Cook-Straße in

Ramat Gan. Kümmere dich nicht um die erste Abzweigung nach links. Auch nicht um die zweite. Nimm die dritte. Sie ist leicht zu erkennen, weil an der Ecke ein Mann in einem gelben Pullover sitzt und seinen Sohn verprügelt. Dann kommst du an drei gefleckten Kühen vorbei und biegst links ab, wo die Häuser stehen, die noch keine Dächer haben. Und jetzt gib acht. Deine nächste Abzweigung ist die zweite Straße rechts. Nicht die erste, denn in der ersten wohnen die Orthodoxen, die am Sabbath mit Steinen nach Radfahrern werfen. Also die zweite Straße rechts. Wenn du richtig fährst, triffst du auf ungefähr halbem Weg einen jungen Mann, der vor einem Geräteschuppen kniet, sein Motorrad repariert und die Regierung verflucht. Kurz darauf wird dir ein unangenehmer Gestank entgegenschlagen. Dem mußt du so lange folgen, bis du auf den Kadaver einer Katze stößt, die vor zwei Monaten überfahren wurde. Das ist der Punkt, wo du nach rechts abbiegst und zu einem Privatweg mit der Tafel ›Durchfahrt verboten‹ kommst. Nachdem du durchgefahren bist, bleibst du stehen und fragst nach der Blumenhandlung. Den weiteren Weg kann ich dir nicht erklären. Er ist zu kompliziert. Ich werde vor der Blumenhandlung auf dich warten. Wann kommst du?«

»Um elf Uhr«, antwortete ich. »Vielleicht nicht auf die Minute genau. Sagen wir: zehn nach elf. Gut?«

»Gut.«

Es war leider nicht gut, obwohl es sich ganz gut anließ. Rabbi Cook machte mir keine Mühe, der gelbe Pullover prügelte wie angekündigt seinen Sohn, die drei gefleckten Kühe befanden sich an der ihnen zugewiesenen Stelle, ebenso der Regierungsgegner mit dem Motorrad, auch an Gestank herrschte kein Mangel – aber die tote Katze war nirgends zu sehen. Ich mußte umkehren und nach Hause zurückfahren.

Jossele meint, der Katzenkadaver wäre von den Schakalen weggeschleppt worden. Er wird einen anderen herbeischaffen, damit ich mich beim nächstenmal zurechtfinde.

Jüdisches Poker

Wir waren schon eine ganze Weile zusammen und hatten wortlos in unserem Kaffee gerührt. Jossele langweilte sich. »Weißt du was?« sagte er endlich. »Spielen wir Poker!«

»Nein«, sagte ich. »Ich hasse Karten. Ich verliere immer.«

»Wer spricht von Karten? Ich meine jüdisches Poker.«

Jossele erklärte mir kurz die Regeln. Jüdisches Poker wird ohne Karten gespielt, nur im Kopf, wie es sich für das Volk des Buches geziemt.

»Du denkst dir eine Ziffer und ich denk' mir eine Ziffer«, erklärte mir Jossele. »Wer sich die höhere Ziffer gedacht hat, gewinnt. Das klingt sehr leicht, aber es hat viele Fallen. Nu?«

»Einverstanden«, sagte ich. »Spielen wir.«

Jeder von uns setzte fünf Agoroth ein, dann lehnten wir uns zurück und begannen uns Ziffern zu denken.

Alsbald deutete mir Jossele durch eine Handbewegung an, daß er eine Ziffer gefunden hätte. Ich bestätigte, daß auch ich soweit sei.

»Gut«, sagte Jossele. »Laß deine Ziffer hören.«

»11«, sagte ich.

»12«,sagte Jossele und steckte das Geld ein. Ich hätte mich ohrfeigen können. Denn ich hatte zuerst 14 gedacht und war im letzten Augenblick auf 11 heruntergegangen, ich weiß selbst nicht warum.

»Höre«, sagte ich zu Jossele. »Was wäre geschehen, wenn ich 14 gedacht hätte?«

»Dann hätte ich verloren. Das ist ja der Reiz des Pokerspiels, daß man nie wissen kann, wie es ausgeht. Aber wenn deine Nerven fürs Hasardieren zu schwach sind, dann sollten wir vielleicht aufhören.«

Ohne ihn einer Antwort zu würdigen, legte ich zehn Agoroth auf den Tisch. Jossele tat desgleichen. Ich dachte sorgfältig über meine Ziffer nach und kam mit 18 heraus.

»Verdammt«, sagte Jossele. »Ich hab nur 17.«

Mit zufriedenem Lächeln strich ich das Geld ein. Jossele hatte sich wohl nicht träumen lassen, daß ich mir die Tricks des jüdischen Pokers so rasch aneignen würde. Er hatte mich wahrscheinlich auf 15 oder 16 geschätzt, aber bestimmt nicht auf 18. Jetzt, in seinem begreiflichen Ärger, schlug er eine Verdoppelung des Einsatzes vor.

»Wie du willst«, sagte ich und konnte einen kleinen Triumph in meiner Stimme nur mühsam unterdrücken, weil ich mittlerweile auf eine phantastische Ziffer gekommen war: 35!

»Komm heraus«, sagte Jossele.

»35!«

»43«!« Damit nahm er die vierzig Agoroth an sich. Ich fühlte, wie mir das Blut zu Kopf stieg. Meine Stimme bebte:

»Darf ich fragen, warum du vorhin nicht 43 gesagt hast?«

»Weil ich mir 17 gedacht hatte«, antwortete Jossele indigniert. »Das ist ja eben das Aufregende an diesem Spiel, daß man nie...«

»Ein Pfund«, unterbrach ich trocken und warf eine Banknote auf den Tisch. Jossele legte seine Pfundnote herausfordernd langsam daneben. Die Spannung wuchs ins Unerträgliche.

»54«, sagte ich mit gezwungener Gleichgültigkeit.

»Zu dumm!« fauchte Jossele. »Auch ich habe mir 54 gedacht. Gleichstand. Wir müssen noch einmal spielen.«

In meinem Hirn arbeitete es blitzschnell. Du glaubst wahrscheinlich, daß ich wieder mit 11 oder etwas Ähnlichem herauskommen werde, mein Junge! Aber du wirst eine Überraschung erleben... Ich wählte die unschlagbare Ziffer 69 und sagte, zu Jossele gewendet:

»Jetzt kommst einmal du als erster heraus, Jossele.«

»Bitte sehr.« Mit verdächtiger Eile stimmte er zu. »Mir kann's recht sein. 70!«

Ich mußte die Augen schließen. Meine Pulse hämmerten, wie sie seit der Belagerung von Jerusalem nicht mehr gehämmert hatten.

»Nu?« drängte Jossele. »Wo bleibt deine Ziffer?«

»Jossele«, flüsterte ich und senkte den Kopf. »Ob du's glaubst oder nicht: Ich hab sie vergessen.«

»Lügner!« fuhr Jossele auf. »Du hast sie nicht vergessen, ich weiß es. Du hast dir eine kleinere Ziffer gedacht und willst jetzt nicht damit herausrücken! Ein alter Trick! Schäm dich!«

Am liebsten hätte ich ihm die Faust in seine widerwärtige Fratze geschlagen. Aber ich beherrschte mich, erhöhte den Einsatz auf zwei Pfund und dachte im gleichen Augenblick »96« – eine wahrhaft mörderische Ziffer.

»Komm heraus, du Stinktier!« zischte ich in Josseles Gesicht.

Jossele beugte sich über den Tisch und zischte zurück: »1683!«

Eine haltlose Schwäche durchzitterte mich.

»1800«, flüsterte ich kaum hörbar.

»Gedoppelt!« rief Jossele und ließ die vier Pfund in seiner Tasche verschwinden.

»Wieso gedoppelt? Was soll das heißen?!«

»Nur ruhig. Wenn du beim Poker die Selbstbeherrschung verlierst, verlierst du Hemd und Hosen«, sagte Jossele lehrhaft. »Jedes Kind kann dir erklären, daß meine Ziffer als gedoppelte höher ist als deine. Und deshalb...«

»Genug!« schnarrte ich und schleuderte eine Fünfpfundnote auf den Tisch. »2000!«

»2417!«

»Gedoppelt!« Mit höhnischem Grinsen griff ich nach dem Einsatz, aber Jossele fiel mir in den Arm.

»Redoubliert!« sagte er mit unverschämtem Nachdruck, und die zehn Pfund gehörten ihm. Vor meinen Augen flatterten blutigrote Schleier.

»So einer bist du also«, brachte ich mühsam hervor. »Mit solchen Mitteln versuchst du mir beizukommen! Als hätte ich's beim letztenmal nicht ganz genauso machen können.«

»Natürlich hättest du's ganz genauso machen können«, bestätigte mir Jossele. »Es hat mich sogar überrascht, daß du es nicht gemacht hast. Aber so geht's im Poker, mein Junge. Entweder kannst du es spielen, oder du kannst es nicht spielen. Und wenn du es nicht spielen kannst, dann laß die Finger davon.«

Der Einsatz betrug jetzt zehn Pfund.

»Deine Ansage, bitte!« knirschte ich.

Jossele lehnte sich zurück und gab mit herausfordernder Ruhe seine Ziffer bekannt: »4.«

»100 000!« trompetete ich.

Ohne das geringste Zeichen von Erregung kam Josseles Stimme:

»Ultimo!« Und er nahm die zwanzig Pfund an sich.

Schluchzend brach ich zusammen. Jossele streichelte meine

Hand und belehrte mich, daß nach dem sogenannten Hoyleschen Gesetz derjenige Spieler, der als erster »Ultimo« ansagt, auf jeden Fall und ohne Rücksicht auf die Ziffer gewinnt. Das sei ja gerade der Spaß im Poker, daß man innerhalb weniger Sekunden…

»Zwanzig Pfund!« Aufwimmernd legte ich mein letztes Geld in die Hände des Schicksals.

Josseles zwanzig Pfund lagen daneben. Auf meiner Stirn standen kalte Schweißperlen. Ich faßte Jossele scharf ins Auge. Er gab sich den Anschein völliger Gelassenheit, aber seine Lippen zitterten ein wenig, als er fragte:

»Wer sagt an?«

»Du«, antwortete ich lauernd. Und er ging mir in die Falle wie ein Gimpel.

»Ultimo«, sagte er und streckte die Hand nach dem Goldschatz aus.

Jetzt war es an mir, seinen Griff aufzuhalten.

»Einen Augenblick«, sagte ich eisig. »Golda!« Und schon hatte ich die vierzig Pfund bei mir geborgen. »Golda ist noch stärker als Ultimo«, erläuterte ich. »Aber es wird spät. Wir sollten Schluß machen.«

Schweigend erhoben wir uns. Ehe wir gingen, unternahm Jossele einen kläglichen Versuch, sein Geld zurückzubekommen. Er behauptete, das mit Golda sei eine Erfindung von mir. Ich widersprach ihm nicht. Aber, so sagte ich, darin besteht ja gerade der Reiz des Pokerspiels, daß man gewonnenes Geld niemals zurückgibt.

Ideale Nummer

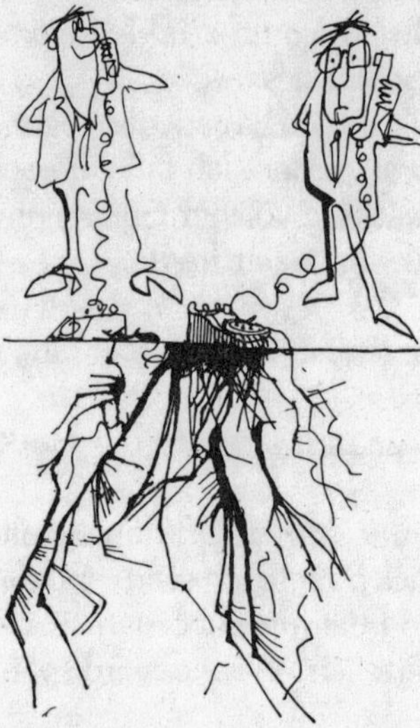

Die Wettervorhersage für Beersheba und die Negevwüste lautete »Schwül, dunstig, Temperaturanstieg«. In Tel Aviv war der Anstieg bereits erfolgt. Bei solchem Wetter ertrage ich nur einen einzigen Menschen: Jossele. Ich kroch zum Telefon und rief ihn an. »Die von Ihnen gewählte Nummer ist geändert«, sagte eine monotone Stimme. »Bitte entnehmen Sie die richtige Nummer dem neuen amtlichen Telefonbuch. Danke.«

Es mußte sich um einen Irrtum handeln, denn ich hatte die neue Nummer gewählt, und das ausgediente amtliche Telefonbuch lag bereits im Müll. Sicherheitshalber sah ich im neuen nach. Die Nummer stimmte: 4 07 59. Ich wählte sie noch einmal – und bekam noch einmal zu hören, daß ich falsch gewählt hatte und im neuen Telefonbuch nachschauen sollte, danke.

Der Staat Israel hat viele Vorzüge. Sein Telefonsystem gehört nicht zu ihnen. Nach einem dritten erfolglosen Versuch mit der neuen richtigen Nummer beschloß ich, die Auskunft anzurufen.

»Ja, leider, ab und zu gibt es noch Schwierigkeiten«, gestand die Auskunft. »Bitte, haben Sie Geduld. Wir werden sofort kontrollieren, was mit der von Ihnen gewählten Nummer los ist.«

Die sofortige Kontrolle dauerte eine Stunde. Dann meldete sich die Auskunft von neuem:

»Es tut uns leid, aber wir sind ein kleines, von Feinden umringtes Land, und unser Netz kann die vielen Änderungen nicht sofort bewältigen. Versuchen Sie's jetzt einmal mit der alten Nummer. Vielleicht hilft's. Man weiß ja nie...« Ich tat, wie mir geheißen. Das Ergebnis lautete:

»Die von Ihnen gewählte Nummer... bitte entnehmen Sie... danke.«

Ich machte mich auf die Jagd nach dem Leiter der Telefonzentrale. Er klang, als ich ihn endlich an den Apparat bekam, zugleich erschöpft und wütend:

»Schon wieder 4 07 59? Wir machen seit Stunden nichts anderes, als diese verdammte Nummer zu überprüfen. Sie bringt den ganzen Verkehr zum Erliegen. Unzählige Teilnehmer haben sich beschwert. Einige behaupten, daß man nach dem Abheben Radiomusik hört. Unser Schweizer Chefingenieur hat soeben gekündigt. Der Krisenstab tagt. Ich werde verrückt...«

Dann hörte ich, wie er seiner Sekretärin den Auftrag gab, einen letzten Versuch zu machen. Dann hörte ich die nun schon vertrauten Worte: »Die von Ihnen gewählte Nummer, Fräulein...«

Und dann brauchte ich nichts mehr zu hören. Der Groschen war gefallen. Ich fuhr zu Jossele. Vor dem Haus standen zwei Gerätewagen der Telefongesellschaft. Die Straße war zum Teil aufgegraben. Vier schwitzende Mechaniker machten sich an Masten und Drähten zu schaffen. »Leitungsdrähte in Ordnung«, meldete einer. »Sollen wir die Schaltstellen überprüfen?« fragte ein anderer.

Als ich bei Jossele eintrat, lümmelte er in einem Fauteuil, die Beine auf dem Tisch, das Radio zur Seite und die Hand lässig am Telefonhörer.

»Meine alte Nummer war ein Traum – 30 30 30«, seufzte er. »Und jetzt haben sie diese Idioten in 4 07 59 geändert, was sich kein Mensch merken kann. Das sollen sie mir büßen!«

Ein Klingelzeichen erklang. Jossele hob den Hörer ab:

»Die von Ihnen gewählte Nummer…«

Der Eskimo-Effekt

Wieder saßen Jossele und ich in unserem Stammcafé und wußten nicht, was wir mit dem angebrochenen Abend beginnen sollten. Am Nebentisch flüsterte Guri zweideutige Witze in Schlomos Ohr, und zwar flüsterte er dergestalt, daß im Umkreis von zehn Metern sämtliche Damen erröteten. Früher einmal war das ein anständiges Kaffeehaus.

Nach einer Weile wandte sich Schlomo in die Runde, die auch uns beide umschloß:

»Wie wär's und wir gehen irgendwohin essen?«

Die allgemeinen Rufe der Zustimmung mündeten samt und sonders in die Frage:

»Ja – aber wohin?«

Es unterliegt keinem Zweifel, daß es diese Frage ist, die schon seit geraumer Zeit unsere Nachkriegsgeneration beschäftigt: Wohin gehen wir? Auf den vorliegenden Fall bezogen, lautet sie: Was ist aus all den guten Restaurants geworden?

Guri raffte sich zu einem konkreten Vorschlag auf: »Versuchen wir's doch mit dem neuen rumänischen Lokal auf der Herzl-Straße.«

»Ohne mich«, widersprach Jossele. »Eine unmögliche Kneipe. Miserables Essen, dreckige Tische, elende Bedienung. Dort kann man nicht hingehen.« Schlomo schloß sich an:

»Stimmt. Das hört man von allen Seiten. Na, wir werden schon etwas finden.«

Damit erhoben sich die beiden und verschwanden in der Dunkelheit.

Als sie außer Sichtweite waren, stand auch Jossele auf:

»So, und wir gehen jetzt zum Rumänen.«

Ich konnte nicht umhin, mich zu wundern:

»Aber du hast doch gerade gesagt...?«

Jossele schüttelte den Kopf und zog mich wortlos mit sich fort.

»Der alte Pioniergeist ist tot«, erklärte er mir unterwegs. »Er wurde durch den sogenannten Eskimo-Effekt ersetzt, der seinen Namen von der Tatsache herleitet, daß die Zahl der Eskimos in der Arktik ständig anwächst, während die Zahl der Seehunde, von denen sie leben, ständig abnimmt. Was folgt daraus? Entdeckt ein Eskimo eine neue Seehundkolonie, so wird er das nicht weitererzählen, sondern wird seine Entdeckung für sich behalten. Noch mehr: Er wird die anderen Seehundjäger in eine falsche Richtung schicken. Verstehst du?«

»Nein.«

»Ich meine: Verstehst du die Nutzanwendung für unsere Situation?«

»Eben nicht.«

»Ist doch ganz einfach. Wenn jemand in unserem kleinen

Land ein halbwegs brauchbares Restaurant entdeckt, spricht sich das in längstens zwei Wochen herum, und die Entdeckung kann wieder abgestrichen werden. Das Lokal ist überfüllt, heiß und lärmend. Du bekommst keinen Platz. Wenn du ihn trotzdem bekommst, mußt du eine halbe Stunde lang warten, bevor du überhaupt bedient wirst, und dann eine weitere halbe Stunde zwischen jedem Gang. Du hast den Ellbogen deines Nachbarn in deinen Rippen, seine Gabel in deinem Teller und sein Messer in deinem Rücken. Aus allen diesen Gründen muß der verantwortungsvolle israelische Bürger den Eskimo-Effekt anwenden. Er muß das von ihm entdeckte Restaurant in einen möglichst schlechten Ruf bringen, damit es nett und gemütlich und auf gutem kulinarischen Niveau bleibt. Als der bekannte Rabbinersohn Karl Marx vom Umschlag der Quantität in Qualität sprach, meinte er die rumänischen Restaurants. Verstehst du jetzt?«

»Allmählich.«

»Proletarische Wachsamkeit«, fuhr Jossele fort, »ist auch in anderen Zusammenhängen geboten. Zum Beispiel darfst du einen guten Zahnarzt niemals weiterempfehlen – oder du sitzt bald darauf stundenlang in seinem Wartezimmer. Und wenn du über den billigen Schneider, den du endlich gefunden hast, nicht in den wildesten Tönen schimpfst, wirst du ihn dir nach ein paar Monaten nicht mehr leisten können.«

»Jetzt fällt mir auf«, sagte ich nachdenklich, »daß meine Frau, wenn sie Freundinnen zu Besuch hat, immer darüber jammert, daß ihr Friseur nichts taugt.«

Jossele nickte:

»Ein klarer Fall von Eskimo-Effekt.«

Wir hatten die Herzl-Straße erreicht. Gerade als meine Magennerven sich auf rumänische Spezialitäten einzustellen begannen, sahen wir zu unserer peinlichen Überraschung von der anderen Seite Guri und Schlomo herankommen.

»Wieso seid ihr hier?«

Es ließ sich nicht feststellen, wer von uns vieren das als erster ausrief. Wahrscheinlich taten es alle zugleich.

Was uns aber noch peinlicher überraschte: Das Restaurant war geschlossen. Wir trommelten mit den Fäusten gegen den Rollbalken – vergebens. Endlich tauchte in einem Fenster des ersten Stocks ein Bewohner auf:

»Hat keinen Sinn!« rief er uns zu. »Der Rumäne ist pleite gegangen. Alle Welt hat über den armen Kerl so schlecht gesprochen, daß keine Gäste mehr kamen. Und es war das beste Restaurant in ganz Tel Aviv!«

Betrübt machten wir kehrt.

»Wer hätte gedacht«, sagte Jossele nach längerem Schweigen, »daß es bei den Eskimos auch Bumerangs gibt?«

Tragisches Ende eines Feuilletonisten

Haben Sie in der letzten Zeit den bekannten Feuilletonisten Kunstetter gesehen? Sie hätten ihn nicht wiedererkannt. Denn dieser Stolz der israelischen Publizistik, dieser überragende Meister der Feder ist zu einem Schatten seines einst so stolzen Selbst herabgesunken.

Seine Hände zittern, seine Augen flackern, sein ganzes Wesen atmet Zusammenbruch.

Was ist geschehen? Wer hat diesen Giganten von seinem Piedestal gestürzt?

»Ich«, sagte mein Freund Jossele und nahm einen Schluck aus seiner Tasse türkischen Kaffees, gelassen, gleichmütig, ein Sinnbild menschlicher Teilnahmslosigkeit. »Ich konnte diesen

Kerl nie ausstehen. Schon die aufdringliche Bescheidenheit seines Stils war mir zuwider.«

»Und wie ist es dir gelungen, ihn fertigzumachen?«

»Durch Lob...«

Und dann enthüllte mir Jossele eine der abgefeimtesten Teufeleien des Jahrhunderts:

»Nachdem ich mich zur Vernichtung Kunstetters entschlossen hatte, schrieb ich ihm einen anonymen Verehrerbrief. ›Ich lese jeden Ihrer wunderbaren Artikel‹, schrieb ich. ›Wenn ich die Zeitung zur Hand nehme, suche ich zuerst nach Ihrem Beitrag. Gierig verschlinge ich diese unvergleichlichen kleinen Meisterwerke, die so voll von Weisheit, Delikatesse und Verantwortungsgefühl sind. Ich danke Ihnen, ich danke Ihnen aus ganzem Herzen, ich danke Ihnen...‹

Ungefähr eine Woche später schickte ich den zweiten Brief ab: ›Meine Bewunderung für Sie wächst von Tag zu Tag. In Ihrem letzten Essay haben Sie einen stilistischen Höhepunkt erklommen, der in der Geschichte der Weltliteratur nicht seinesgleichen hat.‹ Du weißt ja, wie diese eitlen Schreiberlinge sind, nicht wahr. So verstiegen kann ein Kompliment gar nicht sein, daß sie es nicht ernst nehmen würden, diese selbstgefälligen Idioten. Hab' ich nicht recht?«

»Möglich«, antwortete ich kühl. »Aber Komplimente haben noch keinen Schriftsteller umgebracht.«

»Wart's ab. Insgesamt schickte ich Kunstetter etwa zwanzig Lobeshymnen. Ich philosophierte in seine banale Zeilenschinderei alle möglichen Tiefsinnigkeiten hinein, ich pries seine albernen Kalauer als stilistische Finessen, ich zitierte wörtlich seine Formulierungen, mit Vorliebe die dümmsten. Als ich ganz sicher war, daß meine täglichen Begeisterungsausbrüche zu einem festen, unentbehrlichen Bestandteil seines Lebens geworden waren, bekam er den ersten, leise enttäuschten Brief: ›Sie wissen, wie sehr ich die Meisterwerke Ihrer Feder bewundere‹, schrieb ich. ›Aber gerade das Ausmaß meiner Bewunderung berechtigt – nein, verpflichtet mich, Ihnen zu sagen, daß Ihre letzten Artikel nicht ganz auf dem gewohnten Niveau waren. Ich bitte Sie inständig: nehmen Sie sich zusammen!‹

Eine Woche später kam der nächste, schon etwas deutlichere Aufschrei: ›Um Himmels willen, was ist geschehen? Sind Sie ein andrer geworden? Sind Sie krank und lassen Sie einen Ersatzmann unter Ihrem Namen schreiben? Was ist los mit Ihnen?!‹

Kunstetters Feuilletons wurden um diese Zeit immer länger, immer blumiger, immer ausgefeilter. Er machte übermenschliche Anstrengungen, um sich wieder in meine Gunst zu schreiben. Vergebens. Gestern bekam er den Abschiedsbrief: ›Kunstetter! Es tut mir leid, aber nach Ihrem heutigen Artikel ist es aus zwischen uns. Auch der beste Wille des verehrungsvollsten Lesers hat seine Grenzen. Mit gleicher Post bestelle ich mein Abonnement ab. Leben Sie wohl...‹ Und das war das Ende.«

Jossele zündete sich eine Zigarette an, wobei ein diabolisches Grinsen ganz kurz über sein Gesicht huschte. Mich schauderte. Kleine, kalte Schweißperlen traten mir auf die Stirn. Ich muß gestehen, daß ich mich vor Jossele zu fürchten begann. Und ich frage mich, warum ich ihn eigentlich erfunden habe.

Geteilte Rechnung

»Noch nie«, sagte Jossele, kaum daß wir in Gustis Café Platz genommen hatten, »noch nie im Leben wurde ich so aufs Kreuz gelegt wie von dieser Person.«

Das klang nach einer längeren Geschichte, und ich bestellte zwei große Mokka. Jossele nahm einen kräftigen Schluck.

»Sie hieß Libby«, begann er. »Ich lernte sie vor etwa zehn Tagen kennen und hatte den Eindruck, daß sie meine Zuneigung erwiderte. Wir gingen ein paarmal miteinander spazieren, und nach Ablauf der Werbewoche schien mir der Zeitpunkt für eine gründliche Abendeinladung gekommen. Ich schlug vor, mit einem Drink in einer kleinen, schummrigen Bar zu beginnen, dann wollten wir uns dieses neue Musical ansehen, und hernach käme ein Dinner in einem erstklassigen Restaurant. Libby war einverstanden. ›Nur eines‹, sagte sie. Ich bin ein modernes Mädchen und möchte nicht, daß du für mich zahlst.‹ Ich erklärte ihr, daß es unter meiner männlichen Würde sei, jeden Betrag, der im Verlauf des Abends anfiele, zu halbieren und ihr die Hälfte aufzurechnen. ›Gut, Jossele, dann werden wir uns beim Zahlen abwechseln‹ entschied sie. Und damit fing das Unglück an.«

Jossele stürzte seinen Mokka hinunter, ehe er fortfuhr:

»Wir trafen uns am Moghrabi-Platz und nahmen den Bus zur Eden-Bar. Beim Einsteigen drehte sich Libby mit den Worten ›Damen haben Vorrang‹ zu mir um und löste zwei Fahrscheine zu je einem Pfund. In der Eden-Bar konsumierte sie einen französischen Cognac, drei Portionen Salzmandeln und fünf oder sechs dieser infam kleinen Brötchen, die sie mit noch einem französischen Cognac hinunterspülte. Obwohl ich mich auf einen heimischen Weinbrand und eine Handvoll Kartoffelchips beschränkte, hatte ich zum Schluß etwas über 60 Pfund zu zahlen, weil ich an der Reihe war. Die Busfahrt zum Theater zahlte dann wieder Libby, so daß die Eintrittskarten für das Musical mir zufielen. Sie kosteten – denn Libby ist ein wenig kurzsichtig und muß ganz vorne sitzen –, sie kosteten zusammen 100 Pfund. Die Garderobengebühr betrug hingegen nur ein halbes Pfund für uns beide. Das erledigte Libby. Dann begann die Vorstellung. Der erste Akt gefiel mir recht gut. Fand ich doch heiteren Trost bei dem Gedanken, daß ich für die Busfahrt zum Restaurant aufkommen würde und Libby, unserer Vereinbarung zufolge, für das Nachtmahl.«

An dieser Stelle bat Jossele den Ober um ein Glas Wasser. Er mußte sich laben.

»Als nach dem ersten Akt die Pause anbrach, stand Libby auf. Wir sollten uns im Foyer ein wenig die Füße vertreten, meinte sie. Vergebens wies ich darauf hin, daß es nur eine kurze Pause wäre und daß wir hier doch sehr gemütlich säßen – Libby war schon unterwegs, steuerte auf das Buffet zu und genehmigte sich eine Mandeltorte. Der unverschämt hohe Preis störte mich weniger als der Umstand, daß damit die richtige Reihenfolge durcheinander geraten war. Beim Bakkarat nennt man das ›faute tirage‹, und wenn so etwas passiert, sind alle Spieler sehr erbittert. Auch ich war es. Denn jetzt würde Libby den Bus zahlen, und das Nachtmahl ginge auf meine Kosten. Da kam mir ein rettender Gedanke. ›Wie wär's mit einem Fruchtsaft?‹ fragte ich. Libby lehnte ab. Sie hätte keinen Durst. ›Aber ich!‹ stieß ich geistesgegenwärtig hervor und stürzte ein Glas Orangeade hinunter. ›Zahl schön, Liebling›, sagte ich nicht ohne Hohn. Libby zahlte. Da wir ein Land der Zitrusfrüchte sind, kostete die Orangeade nur 60 Agoroth – was jedoch nichts daran änderte, daß ich den zweiten Akt im frohen Bewußtsein verbrachte, die Busfahrt wieder auf meine Rechnung gebracht zu haben. In der zweiten Pause schützte ich ein altes Fußleiden vor und weigerte mich, ins Foyer zu gehen. Libby sah mich aus dunklen Augen mitleidig an. ›Macht nichts‹, sagte sie. Ruf den Eskimo-Jungen!‹ Das bezog sich auf einen minderjährigen Knaben, der mit dem kreischenden Ausruf ›Eislutscher! Eislutscher!‹ den Mittelgang auf und ab lief, und ich hatte immer geglaubt, daß Kinderarbeit bei uns verboten sei. Kurzum: Ich zahlte den verdammten Eislutscher und habe infolgedessen keine Ahnung, was im letzten Akt vorging. Meine Gedanken waren auf verzweifelter Suche nach einem Ausweg, der die Restaurantrechnung von mir abwälzen würde. Als das Licht anging, mitten im Schlußapplaus, durchzuckte es mich wie ein Blitz. ›Laß uns ein Programm kaufen!‹ wandte ich mich an Libby. ›Jetzt? Nach der Vorstellung?‹ wunderte sie sich. ›Ich möchte es mir zur Erinnerung aufheben‹, beharrte ich. Libby kaufte ein Programm. Und zahlte.«

Eine nicht näher definierbare Grimasse verzerrte Josseles Gesicht.

Hastig sprach er weiter:

»Noch während der Busfahrt, deren Kosten planmäßig von

mir bestritten wurden, fühlte ich mich wie ein König, und dieses Hochgefühl hielt auch in dem Schlemmerlokal, das wir aufsuchten, unvermindert an. Ich bestellte eine Schildkrötensuppe, ein Kalbsteak à la Dauphinoise mit Spargel und gemischtem Salat, gab dem Kellner sogleich meine Wünsche für den Nachtisch bekannt, eine Vanillecrème, Obst und Käse, und ließ mir, als ich die Rechnung verlangte, noch rasch eine Zigarre bringen, obwohl ich Nichtraucher bin. Libby, die das Essen kaum berührt hatte, saß bleich und schmallippig da, dem bevorstehenden Schicksalsschlag wehrlos entgegensehend. Und dann geschah es.«

Jossele verlangte nach einem zweiten Glas Wasser. Es machte ihm unverkennbar Schwierigkeiten, sich aufrecht zu halten. Seine Stimme klang gepreßt.

»Es geschah, daß genau in diesem Augenblick, gerade als ich in panischer Angst nochmals nach der Rechnung brüllte, diese Mißgeburt das Lokal betrat. Ein Hausierer, der Ansichtskarten feilbot. Ansichtskarten mitten in der Nacht. Libby ihn sehen und heranwinken, war das Werk einer Sekunde. Sie kaufte drei Ansichtskarten um insgesamt 90 Agoroth, während ich für den kulinarischen Genuß 214 Pfund auf den Tisch blätterte. Die Heimfahrt im Bus übernahm dann wieder sie. Und das ist noch nicht alles. Als ich sie im Haustor küssen wollte, schob sie mich sanft, aber entschieden von sich. ›Laß das, Jossele‹, sagte sie. ›Ich mag das nicht‹, sagte sie. ›Das ist ja auch der Grund, warum ich dich nicht für mich zahlen ließ‹, sagte sie. Hörst du? Verstehst du? Sie hat mich nicht für sich zahlen lassen. Mehr als 400 Pfund hat mich das gekostet…«

Und Jossele brach stöhnend zusammen.

Falsch geparkt ist halb gewonnen

Jossele kam von der Ecke der Fruchtmann-Straße auf mich zugeeilt. »Entschuldige«, keuchte er. »Es hat so lange gedauert, ehe ich einen Parkplatz fand.«

Ich traute meinen Ohren nicht. Die Fruchtmann-Straße – eine schmale, sonnendurchglühte Häuserzeile und noch dazu eine Einbahn in entgegengesetzter Richtung – lag gute fünf Minuten von unserem Stammcafé entfernt.

Was veranlaßte Jossele, den genialen Überwinder aller irdischen Schwierigkeiten, seinen Wagen gerade dort zu parken?

Wir hatten Gustis Café erreicht, ließen uns nieder, bestellten den üblichen Espresso und beobachteten den Nahen Osten in Aktion. Draußen wimmelte es von tatendurstigen jungen Polizisten, die ihre Tagesquote noch nicht erfüllt hatten und nach Parksündern Ausschau hielten. Tafeln mit Aufschriften wie »Parken verboten«, »Halten verboten«, »Parken und Halten verboten« verschönten das Stadtbild. Eine schräg vor der Kaffeehausterrasse angebrachte Tafel »Ladetätigkeit nur von 14–16 Uhr« erwies sich als besonders ertragreich und brachte der Regierung pro Stunde ungefähr 500 Pfund ein.

»Es gibt für den Staat keine bessere Investition als einen Verkehrspolizisten«, konstatierte Jossele. »Wenn so einer in der Stunde nur drei Strafmandate zu 80 Pfund ausschreibt, hat er nach zwei Tagen sein Monatsgehalt verdient, und der Rest ist Reingewinn. Kein Wunder, daß jetzt auch weibliche Kräfte eingestellt werden.«

»Hier liegt wahrscheinlich der Grund«, vermutete ich, »warum das Parkproblem in den großen Städten gar nicht gelöst werden soll. Das würde den ganzen Staatshaushalt über den Haufen werfen.«

Jossele erwog einen neuartigen Ausweg:

»Vielleicht sollte man für die Autofahrer Straf-Abonnements in einer bestimmten Höhe auflegen, so daß sie den Strafzettel selbst unter den Scheibenwischer stecken können, und wenn sie ihren Block verbraucht haben, kaufen sie einen neuen. Das würde den ganzen Vorgang vereinfachen und außerdem häßliche Zusammenstöße mit der Obrigkeit vermeiden.«

»Aber es würde Tausende von Polizisten beiderlei Geschlechts arbeitslos machen«, gab ich zu bedenken.

»Und was ist mit den Lückenwächtern?«

»Mit wem?«

Jossele erklärte mir diesen neuen Beruf. Die Lückenwächter, auch Parklochhyänen genannt, lungern am Randstein der dafür geeigneten Straßen herum, warten, bis ein Wagen wegfährt, stellen sich dann vor den freigewordenen Platz und winken jeden, der ihn zu benützen versucht, mit einem barschen »Besetzt!« weiter – bis irgendein Idiot bereit ist, für die Benützung zu zahlen. In der Umgebung der Herzl-Straße kassieren sie für einen amerikanischen Straßenkreuzer 20 Pfund, an Sams- und Feiertagen 30. Mit dieser Gebühr sind auch Anweisungen wie »Links einschlagen... noch ein Stückchen... stopp!« abgegolten.

»Besser eine Parkhyäne als ein Strafmandat«, sagte ich. Jossele schüttelte den Kopf:

»Jetzt kennst du mich schon so lange und hast noch immer nichts gelernt. Was heißt da Strafmandat? Wenn man die Verhaltensweisen der israelischen Polizei studiert hat, braucht man kein Strafmandat zu fürchten. Angewandte Psychologie, weißt du. Ich parke grundsätzlich nur in engen Seitengassen, auf dem Gehsteig, mindestens dreißig Meter mit dem Rücken zur Hauptstraße, wo die Gesetzesaugen patrouillieren. Mein Wagen ist der einzige, den sie sehen, und zwar in beträchtlicher Entfernung von der Straßenecke. Wird der Hüter der Verkehrsgesetze jetzt vielleicht diese ganze Strecke zurücklegen und obendrein riskieren, daß er auf der Windschutzscheibe dann schon ein Strafmandat vorfindet? Er wird nichts dergleichen tun. Dazu ist er viel zu faul. Und dazu gibt es viel zu viele Parksünder, die es ihm bequemer machen. Komm. Ich will's dir beweisen.«

Wir begaben uns an den Ort der Beweisführung, passierten ganze Reihen wütend hupender Autos, die nicht vorwärtskamen, und hatten alsbald die Fruchtmann-Straße erreicht. Tatsächlich: Auf dem Gehsteig, in stolzer Einsamkeit, stand Josseles Wagen.

Mit einem Zettel unter dem Scheibenwischer.

Ein Strafmandat. Ein Strafmandat für Jossele.

Das war ihm noch nie passiert. Er erbleichte. Ich meinerseits konnte eine leise Schadenfreude nicht unterdrücken.

»Angewandte Psychologie, was? Zum Selbstkostenpreis von 80 Pfund, wie?«

»Wann wirst du endlich erwachsen werden, mein Kind«, brummte Jossele, sperrte den Wagen auf und ging weiter.

Ich folgte ihm, ohne zu fragen, was er vorhatte. Das würde sich ja bald genug herausstellen.

Auf der nächsten Polizeiwachstube stellte es sich heraus.

»Inspektor«, meldete Jossele dem diensthabenden Organ, »irgendwo in Ihrem Rayon ist mein Wagen gestohlen worden. Wo, kann ich nicht genau sagen. Es war eine mir unbekannte Abzweigung der Dizengoff-Straße.« Und er gab noch einige weitere Aussagen zu Protokoll.

Die Polizeistreifen des Rayons empfingen über Sprechfunk die Anweisung, den gestohlenen Wagen zu suchen.

»Ich warte in Gustis Café«, verabschiedete sich Jossele.

Eine Stunde später hatten unsere Freunde und Helfer den Wagen gefunden. Er stand auf dem Gehsteig der Fruchtmann-Straße. Der Sergeant, der ihn zurückbrachte, wehrte Josseles Dank bescheiden ab:

»Wir tun nur unsere Pflicht«, sagte er; und fügte mit maliziösem Grinsen hinzu: »Aber wenn wir den Dieb erwischen, wird er zu allem anderen auch noch ein saftiges Strafmandat zu bezahlen haben!«

Die heilsamen Schildchen

Vor ein paar Tagen saßen Jossele und ich im Café und beklagten den moralischen Niedergang unseres armen jungen Staates. Die Kaffeehäuser waren voll von Nichtstuern, denen es offenbar sehr gut ging, ohne daß man gewußt hätte, wovon sie eigentlich lebten. Schon seit drei Tagen saßen wir vormittags und nachmittags in diesem Kaffeehaus, um das Rätsel zu lösen, aber es gelang uns nicht. Und zwei so begabte junge Menschen wie wir, die zu kühnsten Taten bereit waren, konnten gerade noch mit knapper Not das Leben fristen! Warum, fragten wir uns, warum? Dann standen wir auf, zahlten und gingen in ein anderes Kaffeehaus.

Plötzlich sah Jossele ein kleines braunes Paket auf einem

Sessel liegen. Ein sichtlich herrenloses Paket, das wahrscheinlich schon seit längerer Zeit dort lag.

»Übergeben wir es dem Kellner«, sagte ich.

»Gewiß«, antwortete Jossele. »Aber das muß ja nicht gleich sein.«

Wir fochten einen längeren Kampf mit unserem Gewissen aus und siegten. Die von Jossele vorgeschlagene Kompromißlösung ging dahin, daß wir das Paket öffnen sollten, bevor wir es dem Kellner übergäben.

»Wer weiß«, sagte Jossele, »Vielleicht sind gefälschte Dollarnoten drin, und wir kommen in Schwierigkeiten.«

Diesem zwingenden Argument beugte ich mich. Wir rissen das Paket auf. Es enthielt etwa zehntausend kleine, gummierte Schildchen, wie man sie als Etiketten auf Medizinflaschen verwendet:

Ol. Rizini
Rizinusöl
Vor Gebrauch schütteln!

Als Jossele die Schilder sah, wurde er vor Aufregung ganz blaß. Seine Stimme zitterte:

»Mein Gott… uns ist ein Vermögen in den Schoß gefallen… wir sind reich!«

Der übermäßige Koffeingenuß schien seine Zurechnungsfähigkeit beeinträchtigt zu haben. Ich versuchte auf ihn einzusprechen, aber er hörte mich nicht, sondern rannte, indem er mich an der Hand hinter sich herzog, aus dem Kaffeehaus und in die nächste Metallwarenhandlung, wo er zwei große Schachteln mit Stecknadeln erstand. Und dann ging's los.

Jossele trat an einen Herrn mittleren Alters heran, der friedlich des Weges kam, und steckte ihm ein Schildchen an den Rockaufschlag.

»Macht wieviel?« fragte der Herr.

»Nach Belieben«, sagte Jossele und bekam zehn Agoroth.

Das nächste Opfer war eine Dame mit zwei kleinen Mädchen. Kaum hatte Jossele die Dame mit dem Rizinusschild besteckt, heulten die beiden kleinen Mädchen im Chor: »Mami, wir auch!« 25 Agoroth. Ein vornehmer Stutzer gab uns ein halbes Pfund und ließ das Schildchen hochnäsig in der Tasche verschwinden. Im Durchschnitt beliefen sich die Spenden auf 15 Agoroth. Ein junger Existentialist wehrte sich mit der Begründung, daß er nicht religiös sei. Ein übellauniger Herr erklärte, er dächte nicht daran, uns Faschisten auch noch Geld zu geben.

Nach einiger Zeit teilten wir unsere Vorräte auf und arbeiteten getrennt. Bald darauf war es soweit, daß Passanten stumm auf ihren Rockaufschlag deuteten, wenn wir an sie herantraten; sie hatten der von uns geforderten Wohltätigkeit bereits Genüge getan.

Gegen Mittag gingen uns die Stecknadeln aus, so daß wir neue kaufen mußten. Am Abend gab es in ganz Tel Aviv keinen Menschen ohne Rizinus am Rockaufschlag. Wir hatten unsere gesamten Vorräte angebracht. Und jeder von uns hatte mehrere tausend Pfund vereinnahmt. Sobald die neuen Rizinus-Schildchen fertiggedruckt sind, fahren wir nach Jerusalem und anschließend nach Haifa.

Das Fleisch ist nicht immer schwach

Unser Ausflug nach Haifa näherte sich dem Ende. Wir saßen in einem Kaffeehaus auf dem Carmel, freuten uns der gepflegten Atmosphäre, bewunderten sowohl das Panorama wie die guten Manieren der Gäste und genossen die Ruhe. Eine einsame Fliege kroch über unseren Tisch und entfernte sich, ohne zu summen. Jossele schob das Boulevardblatt mit den neuesten Kriminalfällen beiseite:

»Erpressung hat etwas für sich«, stellte er fest. »Wollen wir?«

In der Nähe des Cafés befand sich ein Fleischerladen. Ehe wir eintraten, knüpfte sich Jossele das Hemd halb auf, so daß seine eindrucksvolle Brustbehaarung sichtbar wurde. Dann begrüßte er den Fleischer mit den inhaltsschweren Worten:

»Guten Tag. Wir sind Ihre neuen Beschützer.«

»Was… wieso… was ist los?« stotterte der Ladeninhaber.

»Die alte Gang arbeitet jetzt woanders. Wir übernehmen den hiesigen Platz. Haben Sie bisher ein monatliches Pauschale gezahlt oder für jede Lieferung extra?«

»Lieferung. Aber ich…«

»Von jetzt an zahlen Sie monatlich. Dreihundert an jedem Ersten.«

»Dreihundert?«

»Das ist die Taxe. Vergessen Sie nicht, daß der Betrieb einer ordentlich funktionierenden Mafia immer teurer wird.«

Der Fleischer sträubte sich: »Tut mir leid. Ich zahle nur die Hälfte, so wie bisher.«

»Genau das hat auch der alte Schlesinger gesagt, er ruhe in Frieden«, murmelte Jossele und ließ seine rechte Hand wie zufällig in die Rocktasche gleiten. Zwar wich der Fleischer ein wenig zurück, aber er gab seinen Widerstand nicht auf:

»Ich mache Sie aufmerksam, daß ich mich bei der Marktkommission beschweren werde.«

»Von dort kommen wir gerade.«

»Dann wende ich mich an den Gewerberat.«

»Erkundigen Sie sich bei Ihrem Kollegen Levitan nach dem Ergebnis. Die Besuchszeiten im Krankenhaus sind Dienstag und Donnerstag von zwei bis vier. Aber er ist frühestens nächste Woche vernehmungsfähig.«

»Ich bin Gewerkschaftsmitglied!« stieß der hart bedrängte Handelsmann hervor.

»Das sind wir alle«, entgegnete Jossele kühl. »Also?«

»Nein, nein, nein! Lieber hole ich mir das Fleisch selbst von der Markthalle!«

»Kein schlechter Einfall. Wer zahlt Ihre Leibwächter?«

»Wenn Sie nicht sofort gehen, rufe ich die Polizei!«

»Sparen Sie sich die Mühe. Ich esse heute abend mit dem Chef.«

»Ich gehe zum Bürgermeister!«

»Jetzt machen Sie mir aber wirklich Angst.«

»Notfalls gehe ich bis zum Minister!«

»Ich begleite Sie.«

»Ojojoj«, wimmerte der Fleischer. »Womit habe ich mir das verdient… Lieber Gott im Himmel…«

»Der weiß alles.« Jossele beugte sich zu dem schluchzend Zusammengesunkenen hinab und strich ihm trostreich über die Glatze. »Das Leben ist hart, mein Freund. Noch vor kurzem konnte man für 200 Pfund eine gute Maschinenpistole kaufen – heute braucht man das Doppelte. Und die Bestechungsgelder? Ein höherer Beamter, der voriges Jahr 2000 Pfund gekostet hat, tut's heute nicht mehr unter 8000. Richter verlangen bis zu 12 000… Haben Sie eine Ahnung…«

Wir einigten uns schließlich auf zwei Ratenzahlungen. 150 Pfund sofort, 150 am Ende des Monats. Dafür erwarb unser Geschäftspartner das Recht, sein eigenes Fleisch in seinem eigenen Lieferwagen zu seinem eigenen Laden zu transportieren, und niemand würde ihn stören. Er wußte sich kaum zu fassen vor Glück, der gute Mann. Zum Dank gab er uns sechs Lammkeulen und einen Truthahn mit. Man muß mit den Menschen nur richtig reden.

Strafmandat bleibt Strafmandat

Der Wüstenwind wehte feinen Sandstaub über die Boulevards und auf die Kaffeehausterrasse. Die Luft war stickig, der Kaffee war ungenießbar. Mißmutig beobachteten wir das Leben und Treiben ringsum. Mit besonderem Mißmut erfüllte uns der Verkehrspolizist an der Kreuzung, unter dessen Schikanen die hartgeprüften Autofahrer hilflos leiden mußten. »Genug«, sagte Jossele und stand auf. »Jetzt will ich's wissen. Die Polizei, dein Freund und Helfer. Laß uns sehen, wie weit es damit her ist.«

Er nahm mich unter den Arm und schlug den Weg zur nächsten Polizeistube ein.

»Wo kann ich eine Übertretung der Verkehrsvorschriften melden?« fragte er den diensthabenden Polizeibeamten.

»Hier«, antwortete der Beamte. »Was ist geschehen?«

»Ich fuhr mit meinem Wagen die Schlomo-Hamelech-Straße hinunter«, begann Jossele, »und parkte ihn an der Ecke der King-George-Straße.«

»Gut«, sagte der Beamte. »Und was ist geschehen?«

»Dann fuhr ich weiter.«

»Sie fuhren weiter?«

»Ja. Ich fuhr weiter und hätte die ganze Sache beinahe vergessen.«

»Welche Sache?«

»Eben. Als ich später wieder am Tatort vorbeikam, fiel es mir plötzlich ein. Um Himmels willen, dachte ich. Die Haltestelle!«

»Welche Haltestelle?«

»Die Autobushaltestelle. Wissen Sie nicht, daß sich an der Ecke Schlomo-Hamelech-Straße und King-George-Straße eine Autobushaltestelle befindet? Herr Inspektor! Ich bin ganz sicher, daß ich nicht in der vorgeschriebenen Entfernung von der Haltestelle geparkt habe. Es waren ganz sicher keine zwölf Meter.«

Der Beamte glotzte:

»Und deshalb sind Sie hergekommen, Herr?«

Jossele nickte traurig und ließ deutliche Anzeichen eines beginnenden Zusammenbruchs erkennen:

»Ja, deshalb. Ursprünglich wollte ich nicht. Du hast ja schließlich nur eine halbe Stunde geparkt, sagte ich mir, und niemand hat dich gesehen. Also wozu? Aber dann begann sich mein Gewissen zu regen. Ich ging zur Schlomo-Hamelech-Straße zurück, um die Parkdistanz in Schritten nachzumessen. Es waren höchstens neun Meter. Volle drei Meter zu wenig. Nie, so sagte ich mir, nie würde ich meine innere Ruhe wiederfinden, wenn ich jetzt nicht zur Polizei gehe und die Selbstanzeige erstatte. Hier bin ich. Und das« – Jossele deutete auf mich – »ist mein Anwalt.«

»Guten Tag«, brummte der Beamte und schob seinen Stuhl instinktiv ein wenig zurück, ehe er sich wieder an Jossele wandte: »Da die Polizei Sie nicht gesehen hat, können wir die Sache auf sich beruhen lassen. Sie brauchen kein Strafmandat zu bezahlen.«

Aber da kam er bei Jossele schön an:

»Was heißt das: Die Polizei hat mich nicht gesehen? Wenn mich morgen jemand umbringt und die Polizei sieht es nicht, darf mein Mörder frei herumlaufen? Eine merkwürdige Auffassung für einen Hüter des Gesetzes, das muß ich schon sagen.«

Die Blicke des Polizeibeamten irrten ein paar Sekunden lang zwischen Jossele und mir hin und her. Dann holte er tief Atem:

»Wollen Sie, bitte, das Amtslokal verlassen und mich nicht länger aufhalten, meine Herren!«

»Davon kann keine Rede sein!« Jossele schlug mit der Faust auf das Pult. »Wir zahlen Steuer, damit die Polizei für öffentliche Ordnung und Sicherheit sorgt!« Und mit beißender Ironie fügte er hinzu: »Oder sollte mein Vergehen nach einem halben Tag bereits verjährt sein?«

Das Gesicht des Beamten lief rot an:

»Ganz wie Sie wünschen, Herr!« Damit öffnete er sein Eintragungsbuch. »Geben Sie mir eine genaue Schilderung des Vorfalls!«

»Bitte sehr. Wenn es unbedingt sein muß. Also, wie ich schon sagte, ich fuhr die Schlomo-Hamelech-Straße hinunter, zumindest glaube ich, daß es die Schlomo-Hamelech-Straße war, ich weiß nicht mehr. Jedenfalls...«

»Sie parkten in der Nähe einer Bushaltestelle?«

»Kann sein. Es ist gut möglich, daß ich dort geparkt habe. Aber wenn, dann nur für ein paar Sekunden.«

»Sie sagten doch, daß Sie ausgestiegen sind!«

»Ich bin ausgestiegen? Warum sollte ich ausgestiegen sein? Und warum sollte ich sagen, daß ich ausgestiegen bin, wenn ich – halt, jetzt fällt es mir ein: ich bin ausgestiegen, weil der Winker geklemmt hat. Deshalb habe ich den Wagen angehalten und bin ausgestiegen: um den Winker wieder in Ordnung zu bringen. Wollen Sie mir daraus vielleicht einen Strick drehen? Soll ich das Leben meiner Mitmenschen gefährden, weil mein Winker klemmt? Das können Sie unmöglich von mir verlangen. Das können Sie nicht, Herr Inspektor. Das können Sie nicht!«

Jossele war in seiner Verzweiflung immer näher an den Beamten herangerückt, der immer weiter zurückwich:

»Herr!« stöhnte er dabei. »Herr!« Und das war alles.

»Hören Sie, Herr Inspektor.« Gerade daß Jossele nicht schluchzend auf die Knie fiel. »Könnten Sie mich nicht dieses eine Mal laufenlassen? Ich verspreche Ihnen, daß so etwas nie wieder vorkommen wird. Ich werde in Zukunft genau achtgeben. Nur dieses eine Mal noch, ich bitte Sie...«

»Hinaus!« röchelte der Beamte. »Marsch hinaus!«

»Ich danke Ihnen! Sie sind die Güte selbst! Ich danke Ihnen von ganzem Herzen!«

Jossele zog mich eilig hinter sich her. Ich konnte noch sehen, wie der Beamte hinter seinem Pult zusammensank.

Bewunderung à la Jossele

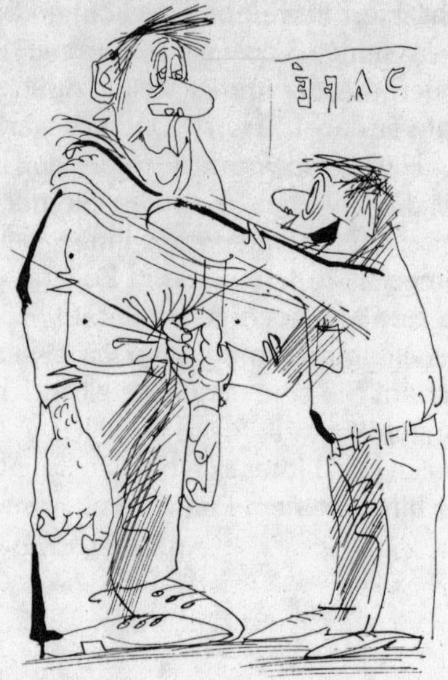

Jossele hatte seinen Espresso ausgetrunken und blätterte in der Zeitung.

»6:1 gegen Zypern«, brummte er verächtlich. »Auch schon was.«

»Immerhin«, widersprach ich. »6:1 bleibt 6:1.«

»Kann sein. Aber wenn man die Zeitungen liest, könnte man glauben, unsere Fußballspieler wären ein persönliches Geschenk Gottes an das Volk Israel. Mir kommt die Galle hoch.«

»Sie haben dir doch nichts getan, Jossele.«

»Nicht? Ich sage dir: Es beleidigt mich, wie man diese Idioten, die nichts anderes können als in einen Lederball hineintreten, zur Blüte der Nation hochjubelt.«

»Schon im alten Griechenland wurden die Sieger...«

»Laß den Unsinn. Oder hat dich vielleicht noch nie der Teufel geholt, wenn du so einen Trottel Autogramme an die Menge verteilen siehst, die ihn ehrfürchtig umringt und umraunt: ›Das ist der Mann, der gegen Zypern drei Tore erzielt hat, zwei davon mit dem Kopf‹, Ich möchte seinen Kopf so lange beuteln, bis das Stroh herausfällt!«

In diesem Augenblick betrat ein kräftiger, etwas ungeschlachter Kerl das Kaffeehaus. Es war Pomeranz, der große Pomeranz, Sturmspitze und Spielmacher unserer Nationalmannschaft beim 6:1 gegen Zypern.

»Da hast du dein Idol«, fauchte Jossele. »Platzt vor Arroganz. Glaubt, daß ihm die Welt gehört. Dem verpass' ich jetzt einen Denkzettel!«

»Laß dich nicht aufhalten«, ermunterte ich meinen kampflustigen Freund.

Jossele erhob sich.

»He, Pomeranz!« brüllte er. »Komm her, du Bastard!«

Das Blut gefror mir in den Adern. Pomeranz war zwei Köpfe größer als wir beide. Ein Faustschlag oder ein Fußtritt von ihm würde genügen, uns dem Erdboden gleichzumachen.

»Auf was wartest du, Pomeranz?!« Josseles Stimmvolumen steigerte sich. »Hast du nicht gehört? Du sollst herüberkommen!«

Pomeranz glotzte und setzte sich langsam in Bewegung. Das ganze Kaffeehaus folgte seinen Schritten mit angehaltenem Atem.

Jossele empfing ihn mit einem derben Schlag auf die Schulter:

»Du Halunke! Wie hast du das fertiggebracht, dieses 6:1 gegen Zypern?«

Ein breites Grinsen erschien auf Pomeranzens grobgeschnittenem Antlitz, während ihm Jossele bei den nun folgenden Worten immer aufs neue die Faust in den Magen rammte:

»Das warst doch du?! Was? Wie?« Jetzt drosch er ihn so heftig auf den Rücken, daß Pomeranz zu husten begann. »Man glaubt es nicht! Ein Stück Rindvieh wie du trifft aus 25 Metern ins Tor! Wie machst du das?«

Pomeranz trat ein wenig zur Seite, um den wuchtigen Hieben Josseles zu entgehen, und stotterte sichtlich geschmeichelt:

»Na ja... ich... das war... ich hab' sehr gute Paßbälle bekommen...«

»Halt den Mund!« herrschte ihn Jossele an. »Paßbälle! Du weißt ja gar nicht, was ein Paßball ist. Dazu bist du viel zu dumm. Aber die Zyprioten zu Hackfleisch verarbeiten – das kannst du, du alter Tepp!«

In seiner Verlegenheit wußte sich Pomeranz nicht anders zu helfen, als Jossele zu umarmen. Dann sah er sich stolz im Lokal um, ob auch alle das Lob gehört hätten, mit dem er da überschüttet wurde.

»Glaubst du, daß er jemals Fußballspielen gelernt hat?« wandte sich Jossele an mich, wobei er Pomeranz mit einem Tritt gegen das Schienbein bedachte. »Glaubst du, daß er überhaupt etwas gelernt hat? Keine Spur. Er ist ein kompletter Analphabet. Was, Pommi? Dein Verstand steckt eben in den Füßen. Stimmt's?«

Mit einem neuerlichen Tritt beendete Jossele seine Lobhudelei. Pomeranz strahlte vor Glück.

»Nein, nein«, gluckste er. »Wir haben scharf trainiert. Alle. Auch ich.«

»Wenn du nur dein ungewaschenes Maul halten wolltest! Was heißt da Training? Es ist ein Wunder der Natur, daß sie einen solchen Vollkretin hervorgebracht hat...«

Fast schien es, als wäre Jossele zu weit gegangen, denn Pomeranz wich mit gerunzelten Brauen ein wenig zurück und fragte drohend:

»*Was* hat die Natur?«

»Sie hat dich mit einem Bombenschuß ausgestattet!« jauchzte Jossele, packte Pomeranz an beiden Schultern, schnalzte ihm einen Kuß auf die Wange und drängte ihn zum Ausgang: »Geh mir aus den Augen! Womit haben wir so etwas wie dich verdient? Drei Tore gegen Zypern – und schon bist du ein Nationalheld! Man muß sich ja schämen! Hinaus mit dir!«

Und der Nationalheld bekam einen Stoß in den Rücken, daß er draußen beinahe hingefallen wäre. Aber noch im Straucheln wandte er sich um und winkte selig lächelnd zurück. Es freute ihn, bewundert zu werden.

Kleine Spende – Großer Dank

Jossele ließ unverkennbare Anzeichen von Nervosität erkennen, und das geschieht selten. Allerdings hatte er bisher auch nur selten Gelegenheit, eine neue Wohnung einzuweihen, noch dazu seine eigene.

Es war also wirklich ein feierlicher Anlaß.

Der Hauseigentümer durchschnitt das blau-weiße Band am Treppenansatz, zwei strahlende Vertreter des Wohnungsamtes applaudierten, und während ein Nachbar auf seiner Ziehharmonika eine muntere Weise mit dem passenden Text »Machen wir's den Schwalben nach, bau'n wir uns ein Nest« erklingen ließ, strömten die 78 Spender aus aller Welt durch die Eingangstür.

Eine beleibte Dame in einem breitkrempigen Strohhut blieb an der Schwelle stehen und betrachtete liebevoll die Metallplatte, die den linken Türflügel zierte: »Diese Türe ist ein Geschenk von Mrs. Sylvia R. Weinreb, Boston, Mass.« Neben ihr war ein älteres Ehepaar damit beschäftigt, ein Messingschild auf Hochglanz zu polieren: »Die Türklinke spendeten Samuel und Matilda Ginsberg, San Francisco, Calif., zur Erinnerung an die Geburt ihres zweiten Enkelkindes Susan Veronica, Schwesterchen von Douglas Michael, mögen sie beide leben und gedeihen.«

Jossele offerierte auf einem Tablett belegte Brötchen und prostete von Zeit zu Zeit einem seiner Wohltäter zu. Als er einmal kurz bei mir anhielt, zitterte seine Stimme vor Rührung:

»Schau dir all die hochherzigen Menschen an! Ohne sie hätte ich mir niemals ein Heim schaffen können. Dabei kennen sie mich nur brieflich. Es ist überwältigend...« Der Text des vervielfältigten Briefs, den Jossele in einigen hundert Exemplaren hauptsächlich nach Amerika verschickt hatte, lautete:

»Liebe Brüder und Schwestern in der Diaspora! Ungeachtet unserer wirtschaftlichen Schwierigkeiten und der ständig steigenden Ölpreise soll es nunmehr auch dem einfachen Mann ermöglicht werden, jenes unveräußerliche Recht auszuüben, das jedem guten Juden zusteht: durch eine einmalige, begrenzte Geste der Generosität seinen Namen in Israel zu verewigen. Bisher ist dieser Vorzug nur den oberen Zehntausend zuteil geworden, die reich genug sind, um mit Geld prunkvolle öffentliche Bauten, Museen und Talmudschulen errichten zu lassen. Das ändert sich jetzt. Zu meiner aufrichtigen Freude darf ich Ihnen mitteilen, daß Sie ab sofort für die Aktion ›Kleine Spende – großer Dank‹ registrieren können, die darauf abzielt, auch geringe Beweise von Gebefreudigkeit mit eindrucksvollen Anerkennungszeichen zu belohnen...«

Die Wirkung seines Rundschreibens war über Josseles kühnste Erwartungen weit hinausgegangen. Er hatte, wie er mir gestand, eine sorgfältige Auswahl unter den Bewerbern treffen müssen, um von ihrer Anzahl nicht erdrückt zu werden.

Plötzlich erklangen lautstarke Rufe der Empörung aus der »Sonnenschein-Halle«, wie das Badezimmer hieß; einer der Gäste deutete zornroten Gesichts auf eine Metallplatte: »Dieses Badezimmer wurde dank der Generosität von James B. Sonnenschein, Buffalo, N. Y., mit Kacheln ausgelegt«, sagte die Inschrift.

»Es ist ein Skandal!« tobte Herr Sonnenschein. »Unser Vertrag hat eine künstlerische Bronzeplatte vorgesehen, 18 X 25, an auffälliger, gut beleuchteter Stelle anzubringen. Und das?!«

Herrn Sonnenscheins Empörung war keineswegs unbegründet. Sie richtete sich gegen eine direkt über der Badewanne prangende Marmortafel, die seine Bronzeplatte pompös überschattete: »Für alle Zeiten trage diese Wanne den Namen des Ehepaars Max und Bella Kaminsky, Chicago, Ill.«

Jossele krümmte sich vor Verlegenheit:

»Bitte, bedenken Sie die Platzschwierigkeiten, mit denen ich zu kämpfen habe. Ich muß in einer verhältnismäßig kleinen Wohnung achtundsiebzig Tafeln unterbringen...«

Glücklicherweise rottete sich in diesem Augenblick die Philadelphia-Gruppe zusammen, um auf das Dach hinaufzusteigen und zu fotografieren. Ihr geistiger Führer, Rabbi Menachem Suk, nahm in stolzer Haltung seinen Platz vor der massiven Kupferplakette ein, deren Goldumrahmung in der Sonne glitzerte:

»Die Fernseh-Antenne, die sich hier erhebt, dankt ihr Vorhandensein der brüderlichen Liebe einiger Bewohner der Stadt Philadelphia, Pa., namentlich den Damen Ruth Bialazurkevits und Martha Taubmann, den Herren M. J. Krupskind und I. T. Seligson sowie dem Ehepaar Berl und Golda Rosenbloom samt ihren Kindern John, Franklin, Evelyn, Harry und Daisy-May.«

Allmählich ging die Feier zu Ende, es gab keine Brötchen mehr, der Harmonikaspieler mußte einer anderen Verpflichtung nachkommen, und Jossele klopfte ans Glas. In einer kurzen, herzlichen Ansprache dankte er allen Spendern, würdigte die Opferbereitschaft, mit der sie auf eigene Kosten angereist waren, um sich davon zu überzeugen, daß sie in Israel symbolisch Fuß gefaßt hatten, und verabschiedete sich von jedem einzelnen mit Handschlag.

»Ich hätte sie alle küssen mögen«, sagte er hernach. »Alle. Bis auf einen.«

Und er führte mich in sein Schlafzimmer, wo sich meinem erstaunten Blick eine Messingtafel mit folgender Inschrift darbot:

»Diese Messingtafel stiftete Mr. Norman B. Goldberg, Bronx, N. Y.«

Ehrlich, aber nicht offen

Wir saßen, wie üblich, im Kaffeehaus. Uns gegenüber kauerte unser alter Freund Stockler, Besitzer eines gutgehenden Parfümerieladens und eines weithin sichtbaren Nervenzusammenbruchs.

»Jedes Jahr dasselbe«, stöhnte er. »Im Juli werde ich zum Wrack.«

Jossele nickte verständnisvoll:

»Ich weiß. Die Einkommensteuererklärung. Schwindeln Sie, Herr Stockler?«

»Leider nicht. Ich muß gestehen, daß ich ein erbärmlicher Feigling bin. Und was mich am meisten deprimiert: Es hilft mir nichts. Meine Bücher sind korrekt geführt, jeder einzelne

Posten ist nachprüfbar richtig – und jedes Jahr werden meine Aufstellungen zurückgewiesen, weil sie angeblich falsch, unvollständig und frisiert sind. Was soll ich machen?«

Jossele schüttelte ungläubig den Kopf, und seine Stimme klang vorwurfsvoll:

»Sagen Sie, Herr Stockler: Sind Sie ein kleines Kind? Oder sind Sie vom Mond heruntergefallen? Sie nehmen Ihre Bücher, legen Sie dem Steuerprüfer vor – und erwarten allen Ernstes, daß er Ihnen glaubt? Sie tun mir wirklich leid.«

Stockler schluchzte leise vor sich hin. Seine Tränen rührten nach einer Weile Josseles Herz:

»Haben Sie Bettücher zu Hause, Herr Stockler?...«

Nicht lange danach, an einem regnerischen Vormittag, begab sich Stockler auf sein zuständiges Finanzamt, betrat das Zimmer seines zuständigen Steuerreferenten, nahm auf dessen Aufforderung hin Platz und senkte den Kopf. »Herr Referent«, sagte er, »ich muß Ihnen ein Geständnis machen. Ich habe im abgelaufenen Steuerjahr keine Bücher geführt.«

»Stehlen Sie mir nicht meine Zeit mit dummen Witzen«, erwiderte der Beamte mißmutig. »Was wünschen Sie?«

»Es sind keine Witze. Es ist die Wahrheit. Ich habe keine Bücher geführt.«

»Einen Augenblick. Sie wollen doch nicht sagen, daß Sie keine Bücher geführt haben?«

»Doch. Genau das will ich sagen. Das heißt: Ich habe sie geführt, aber ich habe sie nicht.«

Jetzt war es mit der Selbstbeherrschung des Beamten zu Ende. Sein bisher ruhiger Baß überschlug sich zu jähem Falsett:

»Was heißt das: Ich habe sie – ich habe sie nicht?! Wieso haben Sie sie nicht?!«

»Ich habe sie verloren.«

»Verloren?! Wieso? Wie? Wann? Wo?«

»Ja, wenn ich das wüßte. Eines Tages konnte ich sie nicht mehr finden. Sie waren weg. Vielleicht verbrannt, ohne daß ich es bemerkt hätte. Oder gestohlen. Jedenfalls sind sie verschwunden. Es tut mir leid, aber so ist es. Vielleicht könnte ich mein Einkommen ausnahmsweise aus dem Gedächtnis angeben, das wäre am einfachsten. Es war ohnehin ein sehr schwaches Jahr. Ich habe praktisch so gut wie nichts verdient… Warten Sie…«

Der Steuerbeamte klappte ein paarmal den Mund auf und zu. Ein unartikuliertes Krächzen entrang sich seiner Kehle und ging erst nach mehreren Versuchen in verständliche Worte über:

»Entfernen Sie sich, Herr Stockler. Sie hören noch von uns…«

Die Leute von der Steuerfahndung erschienen am frühen Morgen, wiesen einen Hausdurchsuchungsbefehl vor, verteilten sich auf die einzelnen Zimmer und begannen ihr Werk. Nach ungefähr einer Stunde drang aus dem Schlafzimmer ein heiserer Jubelschrei: »Da sind sie!«

Einer der Fahnder, ein Dünner mit randloser Brille, stand vor dem Wäscheschrank und hielt triumphierend drei umfangreiche Faszikel hoch…

Die Verhandlung näherte sich dem Ende. Mit ungewöhnlich scharfen Worten resümierte der Anwalt der Steuerbehörde:

»Hier, hohes Gericht, liegen die versteckten Bilanzen des Parfümeurs Stockler. Herr Stockler hatte sich Hoffnungen gemacht, daß wir eine aus dem Gedächtnis abgegebene Steuererklärung akzeptieren und keine Nachschau nach seinen Büchern halten würden. Er war im Irrtum. Hohes Gericht, die Steuerbehörde verlangt, daß das Einkommen des Beklagten auf Grund der von uns aufgefundenen Bücher bewertet wird. Aus ihnen, und nur aus ihnen, geht sein wahres Einkommen hervor…«

Auf der Anklagebank saß ein bleicher, glücklicher Stockler und murmelte ein übers andere Mal vor sich hin: »Sie glauben mir… endlich glauben sie mir…«

Dankbar umarmte er Jossele auf der Kaffeehausterrasse:

»Und nächstes Jahr fatiere ich nur noch mein halbes Einkommen. Ich habe auch schon ein herrliches Versteck. Unter der Matratze…«

Gottes Hand und Josseles Fuß

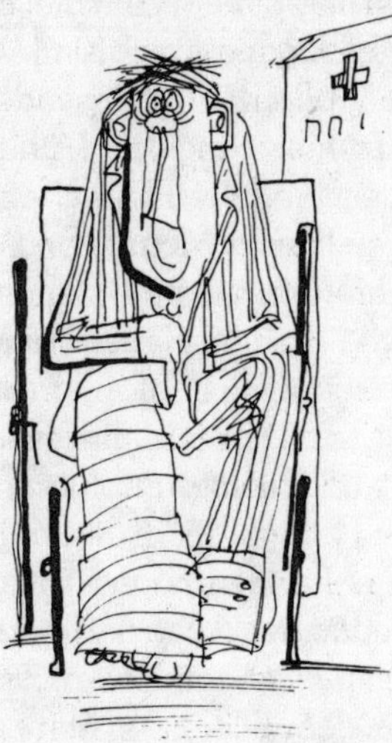

Gestern bekam ich Nachricht von Jossele. Es war ein Anruf aus dem Krankenhaus: er ließ mich bitten, ihn zu besuchen. Überflüssig zu sagen, daß ich mich sofort auf den Weg machte.

Ich fand Jossele im Garten des Spitals, bleich und niedergedrückt in einem Rollstuhl sitzend, ein Bild des Jammers. Und was mich am meisten erschütterte: Er hielt ein Gebetbuch in der Hand.

»Jossele!« rief ich beklommen. »Was ist los mit dir? Ein Herzanfall? Oder sonst etwas Lebensgefährliches?«

»Nein, nichts davon.« Er schüttelte müde den Kopf, seine Stimme klang tonlos. »Aber was mir am Montag passiert ist, hat mich davon überzeugt, daß es eine göttliche Gerechtigkeit gibt.«

»Bitte, erklär dich genauer«, sagte ich und setzte mich neben ihn.

Jossele holte tief Atem.

»Mein Wagen war in einer Reparaturwerkstatt, und das Schicksal ereilte mich in einem städtischen Autobus«, begann er. »Linie 33. Montag. Zur Stoßzeit. Und wahrlich, ich habe gestoßen. Mit Händen, Füßen und Ellbogen habe ich mir einen Sitz erkämpft. Und kaum daß ich saß, pflanzte sich irgendein alter Idiot vor mir auf und begann sich völlig ungefragt über meine Person zu äußern. Er äußerte sich abfällig. Es sei ein Skandal und eine Schande, ein junger, gesunder Mensch wie ich bleibt sitzen, und ein alter, kränklicher Mann wie er muß stehen. Ich reagierte nicht. Die Leute sollten mich für einen Neueinwanderer halten, der die Landessprache noch nicht versteht. Der Alte schimpfte weiter, erging sich in immer heftigeren Mißfallenskundgebungen über die heutige Jugend im allgemeinen und mich im besonderen. Ich blieb ungerührt. Es fiel mir gar nicht ein, meinen bequemen Sitz gegen einen Stehplatz im Gedränge einzutauschen. Unterdessen hatten die Hetzreden des Alten den ganzen Bus gegen mich aufgebracht. Plötzlich packte er mich am Kragen, riß mich hoch und setzte sich unter dem Jubel der Menge auf meinen Platz. Jetzt war der Augenblick gekommen, ihm und seiner verhetzten Gefolgschaft eine Lektion zu erteilen. Ich schwankte, hielt mich nur mühsam aufrecht und bahnte mir stöhnend den Weg zum Ausgang, wobei ich mit schmerzverzerrtem Gesicht das rechte Bein nachschleppte. Über den Bus fiel verlegenes Schweigen, das von beschämtem Geflüster abgelöst wurde. ›Der arme Kerl‹, flüsterte es ringsum. ›Ist gelähmt… hat ein krankes Bein… kann sich kaum bewegen… und dieser alte Trottel verjagt ihn von seinem Sitz. Ein Egoist! Ein Unmensch! Pfui!‹ Es fehlte nicht viel, und sie wären über ihn hergefallen. Einige standen auf, um mir ihren Sitz anzubieten. Ich winkte mit müder Märtyrergeste ab. Und da ich sowieso am Ziel war, bereitete ich mich unter neuerlichem Stöhnen zum Aussteigen vor.«

»Gut gemacht!« Ich nickte anerkennend. »Und dann?«

»Dann«, sagte Jossele, »bin ich auf dem Trittbrett ausgerutscht und hab' mir das Bein gebrochen.«

Damit wandte er sich wieder seinem Gebetbuch zu.

Der perfekte Mord

Es war Abend. Draußen herrschte Dunkelheit, drinnen begannen sich Israels Mütter über den Verbleib ihrer Sabrabrut zu sorgen. Plötzlich wurde die Tür meiner Wohnung aufgerissen und Schultheiß stürzte herein. Aber war das noch Schultheiß? Schultheiß der Großartige, Schultheiß der Ruhmreiche, der Mann mit den eisernen Nerven, der Mann mit dem herausfordernd unerschütterlichen Selbstbewußtsein? Vor mir stand ein geknicktes, zerknittertes Geschöpf, atemlos, bebend, die stumme Furcht eines gejagten Rehs im Blick.

»Schultheiß!« rief ich aus und schob die Steuererklärung, an der ich gerade gearbeitet hatte, zur Seite. »Um Himmels willen, Schultheiß! Was ist los mit Ihnen?«

Schultheiß warf irre Blicke um sich, und seine Stimme zitterte:

»Ich werde verfolgt. Er will mich in den Wahnsinn treiben.«

»Wer?«

»Wenn ich das wüßte! Aber ich weiß es nicht und werde es nie erfahren und kann mich nicht wehren. Es muß der Teufel in Person sein. Er richtet mich systematisch zugrunde. Und was das Schlimmste ist: Er tut es in meinem eigenen Namen.«

»Wie?! Was?!«

Schultheiß ließ sich in einen Sessel fallen. Kalten Schweiß auf der Stirn, erzählte er seine Leidensgeschichte:

»Eines Morgens – es mag etwa ein Jahr her sein – wurde ich durch das anhaltende Hupen eines Taxis vor meinem Haus geweckt. Nachdem der Fahrer des Hupens müde geworden war, begann er mit den Fäusten gegen meine Tür zu trommeln. Ich mußte öffnen. Was mir denn einfiele? brüllte er mich an. Warum ich ein Taxi bestellte, wenn ich keine Absicht hätte, es zu benützen?«

Schultheiß holte tief Atem.

»Überflüssig zu sagen, daß ich kein Taxi bestellt hatte. Aber hierzulande haben die Leute Vertrauen zueinander, und das ist das Unglück. Wenn man bei einem Taxistandplatz einen Wagen bestellt, auch telefonisch, wird nicht viel gefragt, sondern die Bestellung wird erledigt und die Taxis strömen zu der angegebenen Adresse. Jedenfalls strömten sie zu der meinen. Um acht Uhr früh waren es ihrer bereits vierzehn, und meine Nachbarn sprechen bis heute von dem Höllenlärm, den die vierzehn Fahrer damals vollführten. Meine Beleidigungsklagen gegen zwei von ihnen sind noch anhängig… An diesem Morgen wurde mir klar, daß irgend jemand meinen Namen mißbraucht, um mich in den Wahnsinn zu treiben.«

Ein kalter Schauer lief mir über den Rücken. Schultheiß sprach weiter:

»Die Sache mit den Taxis war nur der Anfang. Seither gibt

mir mein Quälgeist keine Ruhe. In meinem Namen antwortete er auf Zeitungsannoncen, bestellt Lotterielose, Fachbücher, Enzyklopädien, Haushaltsartikel, kosmetische und medizinische Präparate, Sprachlehrer, Möbel, Särge, Blumen, Bräute – alles, was man telegrafisch oder durch die Post bestellen kann. Damit nicht genug, hat er mich auch beim ›Verband abessinischer Einwanderer‹, bei der ›Interessengemeinschaft ehemaliger Rumänen‹ und beim ›Verein für die Reinhaltung des Familienlebens‹ angemeldet. Und vor kurzem hat er zwei marokkanische Waisenkinder für mich adoptiert.«

»Aber wie ist das möglich? Wieso erregt er keinen Verdacht?«

»Weil niemand auf den Gedanken kommt, daß meine Briefe nicht von mir geschrieben wurden oder daß nicht ich ins Telefon spreche, sondern... mein Mörder.«

Bei den letzten Worten rannen Tränen über Schultheißens eingefallene Wangen.

»Und es wird immer noch ärger! Jedermann weiß – und natürlich weiß es auch er – daß ich ein altes Mitglied unserer Regierungspartei bin. Infolgedessen hat er für mich ein Abonnement auf die kommunistische Parteizeitung genommen und läßt sie mir in mein Büro zustellen. An das Zentralkomitee meiner Partei hat er einen eingeschriebenen Brief gerichtet, in dem ich meinen Austritt erkläre, und zwar wegen der fortgesetzten Korruption innerhalb der Parteileitung. Ich hatte die größte Mühe, meine Wiederaufnahme durchzusetzen. Mein Name ist allmählich ein Synonym für Betrug und Scheinheiligkeit geworden. Bis zum Juni dieses Jahres galt ich wenigstens noch als Mitglied der jüdischen Religionsgemeinschaft. Aber auch damit ist es vorbei.«

»Wie das? Was ist geschehen?«

»Eines Tages, während ich ahnungslos im Büro saß, erschienen zwei Franziskanermönche aus Nazareth in meiner Wohnung und besprengten, für die ganze Nachbarschaft sichtbar, meine koschere Kücheneinrichtung mit Weihwasser. Der

Schurke hatte in meinem Namen kleine Spenden an das Kloster gelangen lassen und die beiden Mönche zu mir gebeten...« Schultheiß verfiel vor meinen Augen. Seine Zähne klapperten.

»Er hat meinen Schwiegervater denunziert. Eine von mir unterschriebene Anzeige beschuldigte meinen eigenen Schwiegervater, Schweizer Uhren ins Land zu schmuggeln – und was das Schlimmste ist: Die Anzeige erwies sich als begründet... Es ist unglaublich, mit welcher satanischen Schläue dieser Schuft zu Werke geht. Zum Beispiel schickte er unserem Abteilungsleiter einen Brief mit meiner Absenderadresse, aber der Brief selbst war an einen meiner Freunde gerichtet und enthielt die Mitteilung, daß unser Abteilungsleiter ein widerwärtiger Halbidiot sei. Es sollte der Eindruck entstehen, als hätte ich irrtümlich die Briefumschläge vertauscht... Jede Woche läßt er ein Inserat erscheinen, daß ich für acht Pfund monatlich ein möbliertes Zimmer vermiete. Ohne Ablöse. Oder daß ich dringend eine ungarische Köchin suche... Alle zwei Monate sperrt mir die Elektrizitätsgesellschaft das Licht ab, weil er sie verständigt hat, daß ich nach Rumänien auswandere... Ich werde von der Devisenpolizei überwacht, weil ich angeblich meinen Auslandsbriefen hohe Geldnoten beilege, was streng verboten ist... Und meine Frau befindet sich in einer Nervenheilanstalt, seit sie die Nachricht bekam, daß ich in einem übel beleumundeten Haus in Jaffa Selbstmord begangen habe...« Konvulsivisches Schluchzen schüttelte den vom Leiden ausgemergelten Körper Schultheißens. Die finstersten Gedanken zuckten auch mir durchs Hirn.

»Vor den Wahlen«, fuhr Schultheiß stöhnend fort, »verschickte er ein Rundschreiben an meine Bekannten, in dem ich erklärte, daß ich für die Partei der Hausbesitzer stimmen würde, die als einzige ein wahrhaft fortschrittliches Programm besäße. Niemand grüßt mich mehr. Meine besten Freunde wenden sich ab, wenn sie mich nur von weitem sehen. Vorige Woche haben mich zwei Militärpolizisten im Morgendämmer aus dem Bett gezerrt, weil ich die Armeeverwaltung verständigt hatte, daß ich infolge reiner Abneigung gegen frühzeitiges Aufstehen an den kommenden Waffenübungen nicht teilzunehmen wünsche…«

So ging es noch eine halbe Stunde weiter, dann wankte er hinaus in die nächtliche Dunkelheit.

Kaum war er draußen, stürzte ich zum Telefon:

»Jossele«, sagte ich mit leisem Vorwurf in der Stimme, »übertreibst du nicht langsam ein bißchen?«

Falscher Alarm

Als ich an unserem Stammcafé vorbeikam, saß Jossele dort und las die Zeitung – eine für Jossele höchst ungewöhnliche Beschäftigung. Er sah denn auch sehr mitgenommen aus, und seine Finger trommelten nervös auf der Tischplatte. »Geld?« fragte ich. »Zögernde junge Dame? Oder was?«

»Frieden.«

»Wie bitte?«

»Der Friede. Du hast mich doch gefragt, was mir Sorgen macht. Ich sage es dir. Der Friede.«

Ich zahlte den Kaffee für ihn, und wir gingen die strahlend beleuchtete Dizengoff-Straße hinunter. Es war ein wunderschöner Abend. Die Leute kamen gerade aus der letzten Kinovorstellung, und ringsum wimmelte es von hüftenschwenkenden Mädchen.

»Sehen wir den Dingen ins Auge«, sagte Jossele. »Ich bin ein Nichtsnutz. Ein Taugenichts. Ein Halbstarker. Ein Bezprizorny. Ein Beatnik.«

»Das genügt.«

»Aber ich bin kein Opportunist, der sein Mäntelchen nach dem Winde hängt. Ich bin wenigstens ein konsequenter Taugenichts. Seit ich zu denken begann, wußte ich mit absoluter Sicherheit, daß es im Leben keine absolute Sicherheit gibt. Das war ein wunderbares Gefühl. Unsere Großväter mußten sich ununterbrochen um die Familie sorgen und um ihr eigenes Alter und ob die Pension ausreichen würde und lauter so dummes Zeug. Wir hingegen sind frei wie die Vögel. Du fragst mich, was in dreißig Jahren sein wird? Ich pfeif' drauf. Es interessiert mich nicht einmal, was nächste Woche sein wird.«

Unser Freund Gyuri rannte vorbei.

»Nach dem Theater bei Putzi!« rief er zu Jossele herüber. »Bring mindestens eine Flasche und mindestens ein Mädchen!«

»Leider!« rief Jossele zurück. »Ich muß morgen um halb elf aufstehen.«

»Bleib liegen!« klang Gyuris Stimme ihm nach.

»Ich kann dort nicht hingehen, weil ich schon zu einer anderen Party eingeladen bin«, erklärte mir Jossele. »Wenn man zur verlorenen Generation gehört, gehört man sozusagen einer Weltorganisation an. Früher einmal hat man sich gefragt, wie das alles enden wird. Wir Angehörigen der verlorenen Generation wissen es: mit einem großen Knall und einer pilzförmigen Rauchwolke, wenn die Atombombe fällt...«

»Und wenn sie nicht fällt?«

»Das wäre ein Pech. Aber vorläufig darf man noch hoffen. Ohne diese Hoffnung wäre das Leben nicht mehr lebenswert. Wenn ich erst einmal anfangen muß, mir den Kopf darüber zu zerbrechen, was ich morgen oder gar übermorgen machen soll, oder wenn ich mir vorstellen müßte, als zahnloser Greis mein Ende abzuwarten, dann werde ich verrückt. Das alles ist vollkommen überflüssig. Früher war das anders. Früher mußte man seiner Angebeteten etwas von Kindersegen ins Ohr flüstern und mußte ihr ein sicheres Heim und Wärme und Geborgenheit versprechen, damit man etwas bei ihr erreichte. Heute sagt man ganz einfach: ›Was soll ich dir viel von morgen erzählen, wo wir doch gar nicht wissen, ob wir den morgigen Tag überhaupt erleben werden?‹ Und damit ist die Sache geregelt.«

Ein Taxichauffeur hupte wild, weil wir bei rotem Licht die Straße überquerten.

»Hast du keine Augen im Kopf, du Idiot?« brüllte Jossele ihn an. »Siehst du nicht, daß du fahren kannst? Wir gehen ja bei rotem Licht!«

Dem Chauffeur blieb der Mund offen. Verwirrt murmelte er etwas von Vorschriften und Gesetzen.

Jossele langte mit der Hand nach seinem Kopf und zerraufte ihm das Haar.

»Vorschrift?« sagte er. »Gesetz? Mann, nächstes Jahr hat Pakistan die Atombombe. Gesetze, sagt er! Fahr ab!«

Plötzlich blieb Jossele stehen. Seine Stirn verfinsterte sich:

»Gestern nacht – oder vormittag – also kurz und gut: Während meiner Schlafenszeit riß es mich plötzlich hoch, und ein fürchterlicher Gedanke zuckte mir durch den Kopf: Was geschieht, wenn sie plötzlich Frieden machen und alle Atombomben vernichten? Dann stehe ich, ein einsamer Jossele, mitten auf der Dizengoff -Straße, ohne Geld, nur mit einer Zukunft vor mir... Es ist ein entsetzlicher Alptraum.«

»Nun, nun. So schlimm wird's schon nicht sein.«

»Halt's Maul«, fauchte Jossele. »Die sind imstande und ziehen mir den Boden unter den Füßen weg. Mit einemmal werde ich im praktischen Leben stehen und einen bürgerlichen Beruf ergreifen müssen. Womöglich werde ich Kinder kriegen und einen Bauch und meine kärglichen Ersparnisse mit 3 ¾ Prozent

Zinsen anlegen. In den öffentlichen Verkehrsmitteln wird plötzlich Disziplin herrschen. Die jungen Leute werden aufstehen und ihre Sitze den älteren anbieten. Sie werden Bücher lesen und bei Nacht schlafen. Ihre Kleider werden gebügelt und gepflegt sein, und von den Mädchen wird man nichts mehr haben können. Grauenhaft. Wirklich grauenhaft.« Es schauderte Jossele, und er stieß mit dem Fuß einen Abfallkübel um, so daß der Inhalt sich aufs Straßenpflaster ergoß.

»Es ist leicht für ein paar Schwachköpfe, von Abrüstung zu reden«, sagte er. »Aber wer übernimmt die Verantwortung für die Folgen?«

Sulzbaum ist erledigt

Wir sitzen in meiner Wohnung, Jossele und ich, summen die befreite Nationalhymne von Ruanda-Urundi vor uns hin, ohne Text, und langweilen uns. Plötzlich geht das Telefon, und irgendein Kerl will mit der Viehmarktzentrale Nord sprechen. Ich sage, »Falsch verbunden«, und lege auf. Ein paar Sekunden später geht das Telefon, und es ist schon wieder der Kerl, der mit der Viehmarktzentrale Nord sprechen will. Ich lasse ihn abermals, und diesmal schon etwas schärfer, wissen, daß ich keine Viehmarktzentrale bin, und wenn er noch einmal...«

»Warte«, flüstert Jossele und nimmt mir den Hörer ab. »Hier Viehmarktzentrale Nord«, sagt er in die Muschel. – »Endlich!« Der Anrufer atmet hörbar auf. »Bitte, Herrn Sulzbaum.«

»Sulzbaum arbeitet nicht mehr bei uns.«

»Wieso? Was ist passiert?«

»Man hat seine Machenschaften aufgedeckt.«

»Was Sie nicht sagen!«

»Er war fällig. Oder haben Sie geglaubt, es würde ewig so weitergehen?«

»Natürlich nicht!« Die Stimme des andern klang freudig bewegt. »Ich habe es schon längst kommen gesehen.«

»Eben. Er hat das Ding überdreht. Und das muß er jetzt büßen, mitsamt seinen Komplizen.«

»Was? Auch Slutzky?«

»Ein Jahr Gefängnis.«

»Recht geschieht ihm. Wer übernimmt seinen Posten?«

»Heskel.«

»Kenn' ich nicht.«

»Der kleine Dicke mit der Knollennase.«

»Der? Sie glauben, der ist besser als Slutzky? Alles dieselbe Bande.«

»Als ob ich's nicht wüßte«, seufzte Jossele. »Über diesen Punkt mache ich mir keine Illusionen. Sonst noch etwas?«

»Nein, danke. Sagen Sie Heskel nichts von meinem Anruf.«

»Ich werde mich hüten.«

Und damit legte Jossele befriedigt den Hörer hin.

»Bist du nicht ein wenig zu weit gegangen?« fragte ich zaghaft.

Jossele verabfolgte mir einen tadelnden Blick:

»Du denkst immer nur an dich selbst und nie an meine Nerven. Wenn du noch einmal ›falsch verbunden‹ gesagt hättest, wäre der Kerl wütend geworden und hätte uns immer wieder belästigt. Jetzt ist er glücklich, weil er als einziger weiß, daß es Sulzbaum und seine Freunde endlich erwischt hat – und wir haben unsere Ruhe. Aber auch Sulzbaum hat seine Ruhe. Er und seine Freunde können ungestört weitermachen. Kurz und gut: Es ist allen geholfen.« Jossele hatte recht, wie immer. Was täte die Viehmarktzentrale Nord ohne ihn!

Die Sache läuft

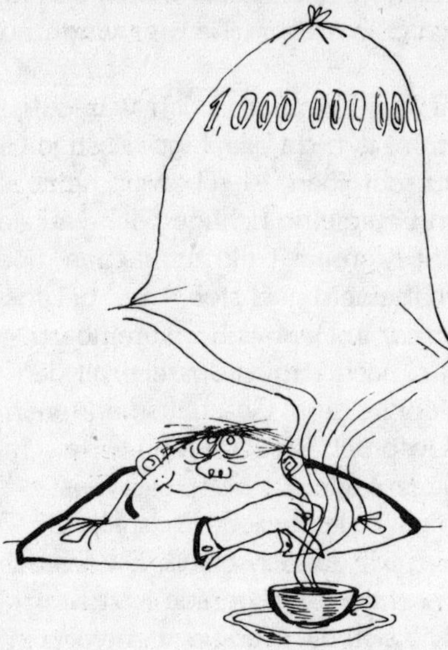

Ausnahmsweise saß ich allein in Gustis Café. Nach einiger Zeit erschien Jossele, sichtlich in Eile:

»Möchtest du dich an einer geschäftlichen Transaktion beteiligen?« fragte er, ohne sich hinzusetzen.

Ich bejahte instinktiv und wollte Näheres über die Art der Transaktion erfahren.

»Darüber sprechen wir noch«, antwortete Jossele. »Ruf mich in einer Viertelstunde an, und wir setzen uns in einem anderen Lokal zusammen.«

Nach einer Viertelstunde rief ich an, und weitere zehn Minuten später traf ich ihn in einem anderen Lokal. Er gab mir zu verstehen, daß die richtigen Leute mit der Durchführung dieser

Transaktion betraut wären und daß der Geldgeber keinen Zweifel am Erfolg hätte. Man müsse nur noch ein paar Kleinigkeiten klären, und da habe man eben an mich gedacht. Wir sollten, meinte Jossele, möglichst bald wieder zusammenkommen, um das alles genau zu besprechen; er warte auf meinen Anruf.

Ich war nicht nur interessiert, ich war aufgeregt. So eine Gelegenheit kommt ja nicht alle Tage. Lustige Geschichten für die Zeitungen zu schreiben, ist schön und gut, aber wenn einmal die richtigen Leute eine richtige Sache aufziehen, hat man endlich die Chance, großes Geld zu machen, und da muß man einsteigen. Nach meinem nächsten Anruf bei Jossele wurde ein Treffen aller Partner in Bennys Bar vereinbart.

In Bennys Bar machte mich Jossele mit dem Rechtsanwalt Dr. Tschapsky und einem Geschäftsmann namens Kinneret bekannt. Das Gespräch steuerte ohne Umschweife auf den Kern der Angelegenheit zu:

»Wir dürfen nicht zu lange zögern«, stellte Dr. Tschapsky fest. »Sonst versäumen wir den Anschluß. Die Voraussetzungen für eine solche Transaktion sind gerade jetzt sehr günstig. Leider weiß man nie, wie sich die Marktlage entwickeln wird.«

»Sie haben recht«, bestätigte ich. »Wovon sprechen wir?«

Bereitwillig gab mir Herr Kinneret die gewünschte Auskunft:

»Wir sprechen von einer geschäftlichen Angelegenheit größeren Umfangs, die sorgfältig geplant werden muß, weil sie, wie jedes Geschäft, mit einem gewissen Risiko verbunden ist. Deshalb würde ich vorschlagen, daß wir zunächst einmal die personellen Aspekte überprüfen. Dann können wir sofort anfangen.«

»Womit?« fragte ich.

»Mit der geplanten Transaktion. Wer von den Herren ist bereit, die entsprechenden Fühler auszustrecken?«

Jossele erklärte meine Bereitschaft. Die anderen waren einverstanden. Es wurde beschlossen, daß ich mich gründlich umsehen und Jossele über das Ergebnis meiner Aktivitäten unterrichten sollte. Einer neuerlichen Besprechung stünde dann nichts mehr im Wege.

Ich nahm sofort meine Tätigkeit auf, ging hierhin und dorthin, sprach mit verschiedenen Leuten und fragte sie, was sie von der Sache hielten. Sie meinten, daß zur Zeit auch noch einige andere aussichtsreiche Projekte in Schwebe wären. Man müßte sich einmal zu einer unverbindlichen Aussprache zusammensetzen, meinten sie.

Ich telefonierte mit Jossele, und wir vereinbarten die Abhaltung einer internen Konferenz in der Halle eines der großen Hotels.

Unsere Partner wollten als erstes hören, welche Eindrücke ich auf meiner Informationstour gewonnen hätte.

»Es sieht im ganzen nicht schlecht aus«, berichtete ich. »Um die Sache in konkrete Bahnen zu lenken, müssen wir uns allerdings darüber klar werden, was wir wollen. Was wollen wir?«

»Wir wollen«, sagte Jossele, »vor allem die nötigen Bewilligungen einholen. Das ist wichtig.«

Dr. Tschapsky unterstützte ihn:

»Stimmt. Und wie die Dinge liegen, kann ich nur sagen: je früher, desto besser.«

Herr Kinneret fragte mich nach meiner Meinung über die unmittelbaren Aussichten unseres Vorhabens. Ich sagte, daß wir alle in Betracht kommenden Möglichkeiten bedenken sollten, um uns abzusichern.

Dr. Tschapsky nickte:

»Das halte ich tatsächlich für das beste. Nur nichts überstürzen!«

»Ganz meine Meinung«, ließ Jossele sich vernehmen.

»Schön«, sagte Herr Kinneret. »Dann können wir unsere heutige Sitzung als abgeschlossen betrachten.«

»Und um was handelt es sich?« fragte ich. Aber da war der Aufbruch schon so weit fortgeschritten, daß ich keine Antwort mehr bekam. In aller Eile wurde Lindas Strandcafé als Ort der nächsten Sitzung gewählt, und falls bis dahin etwas Unerwartetes geschähe, würden wir einander telefonisch verständigen. Jedenfalls aber sollte ich Jossele anrufen. Ich rief ihn nicht mehr an. Meine Nerven versagten mir den Dienst.

*

Gestern abend sah ich Jossele in Gustis Café an einem anderen Tisch sitzen. Er unterhielt sich angeregt mit einigen mir Unbekannten, kam aber sofort zu mir: »Wo steckst du denn, zum Teufel? Du kannst doch nicht mitten in einer Transaktion ganz einfach ausspringen? Warum bist du nicht zu der Besprechung ins Strandcafé gekommen?«

»Was soll's, Jossele«, entgegnete ich mit fast schon beleidigender Müdigkeit. »Wozu wäre das gut gewesen.«

»Wozu? Das kann ich dir sagen. Damals am Abend wurden für jeden von uns die ersten 4000 Pfund als Reingewinn ausgezahlt.«

»Der Reingewinn wovon?«

»Von dieser Transaktion, die wir in Angriff genommen haben.«

»Um was geht es bei dieser Transaktion?«

»So weit sind wir noch nicht«, fauchte Jossele. »Das wird sich rechtzeitig herausstellen. Hauptsache, daß die Sache läuft.«

Ich erhob mich wortlos, ging zur Telefonzelle und rief das Hadassa-Hospital an. Unsere Wirtschaft sei krank, meldete ich. Das wüßten sie, erwiderte das Hospital. Aber sie hätten im Augenblick keine Ambulanz frei.

Und nun, auf halber Strecke, ist es Zeit, unserem Freund Jossele Schalom oder besser auf Wiedersehen zu sagen, bevor es ihm gelingt, unsere Vorstellungen von Recht und Ordnung völlig ins Wanken zu bringen.

Kehren wir also an den Busen unserer gesunden Gesellschaft zurück und hoffen wir, von nun an nur noch grundehrlichen Bürgern zu begegnen, die unseren hohen moralischen Ansprüchen genügen oder wenigstens gute Rechtsanwälte haben – wenn auch bedauerlicherweise nicht die Begabung, durch die sich Jossele auszeichnet.

... und schon geht es weiter

Alarm und Seelenfrieden

Was den technischen Fortschritt betrifft, so hält der winzige Fleck, der auf der Landkarte des Nahen Ostens den Staat Israel repräsentiert, natürlich keinen Vergleich mit dem hochindustrialisierten Westen aus. Man wird somit den Stolz ermessen können, der uns alle durchdrang, als eine israelische Elektronikfirma das ausgefeilteste Diebstahlsicherungsalarmsystem entwickelte, das jemals auf dem Weltmarkt angeboten wurde. Kurz darauf fielen die Konstruktionspläne direkt unter der Nase des Alarmsystems nächtlichen Einbrechern in die Hände. Die Fabrik zögerte keinen Augenblick, alle nötigen Konsequenzen zu ziehen, stellte einen alten Beduinen als Nachtwächter ein und verkauft seither ihr ausgefeiltes Produkt nur noch an israelische Bürger, vorzugsweise an solche, die ihre Nachbarn hassen.

Seit die schlechten Nachrichten, die wir regelmäßig zum Frühstück bekommen, um den täglichen Einbruchsdiebstahl bereichert wurden, hat sich im Lebensstil unserer Gartenvorstadt ein deutlicher Wandel vollzogen. Die Menschen trauen sich nicht mehr, ihr Haus zu verlassen. Sie fürchten, es könnte während ihrer Abwesenheit ausgeraubt werden – wie das erst unlängst Herrn Geiger geschah. Er hatte sich in eine nahe gelegene Lebensmittelhandlung begeben, um ein halbes Dutzend Eier zu kaufen, und als er zurückkam, fehlte in seiner kahlgeplünderten Wohnung sogar der Kühlschrank. Bei der jetzt herrschenden Hitze ist so etwas sehr unangenehm.

Die Einbrecher waren in einem Fernlaster vorgefahren und

durch die kunstvoll geöffnete Tür ins Innere des Hauses gelangt, ohne daß den Nachbarn etwas aufgefallen wäre. Sie hatten zwar das Verladen der Möbel beobachtet, aber sie nahmen an, daß die Geigers umziehen würden, und um solche Dinge kümmerten sie sich nicht. Auch als ein Einbruch in das Haus der Familie Melnitzky erfolgte und der Wachhund minutenlang bellte, begnügten sie sich damit, ihn zu beschimpfen. Wahrscheinlich ist das verdammte Vieh wieder hinter einer Katze her, sagten sie.

Bei dieser neutralen Haltung konnte es nicht bleiben. Immer mehr Familien bekehrten sich zur Elektronik und versorgten ihre Häuser mit garantiert einbruchssicheren Alarmsystemen. Schließlich war auch an uns die Reihe.

Natürlich griffen wir nicht nach dem ersten besten System, das uns unterkam. Nach gründlicher Marktforschung stellten wir fest, daß alle die gleichen Fanggeräte enthielten, die gleichen Fotozellen und das gleiche Überschall-Auge, das bei der geringsten verdächtigen Bewegung im Haus sofort zu zwinkern beginnt. Deshalb war maßgebend, welche Lieferfirma am schnellsten einen Reparaturfachmann schickt, wenn mit der Alarmanlage etwas nicht stimmt. Bei Tula & Co. dauerte das angeblich nicht länger als vierundzwanzig Stunden. Wir entschieden uns für Tula & Co.

Bald war unser Haus mit einem Gewirr von furchterregenden Drähten umgeben, das selbst den verwegensten Einbrecher abschrecken mußte. Wohlgefällig besah Tulas Techniker sein Werk.

»Okay«, sagte er. »Hier kommt nicht einmal eine Fliege herein.«

Als nächstes wurden wir über das absolut sichere Funktionieren der Alarmanlage informiert: Falls der elektrische Strom ausgeschaltet würde, träten die Batterien an seine Stelle, und im Falle untauglich gewordener Batterien käme ein eingebautes Notreservoir zum Tragen.

Was aber, so begehrten wir weiter zu wissen, wenn es kein Dieb ist, der unsere Schwelle überschreitet, sondern wir selbst, des Hauses Eigentümer?

Ganz einfach, antwortete Tula & Co. Die Alarmsirene trete immer erst nach fünfzehn Sekunden in Aktion, so daß wir Zeit genug hätten, sie abzustellen. Das wäre schon deshalb ratsam, weil wir andernfalls ertauben würden.

Seither sind wir im Bilde. Wenn in unserer Straße eine Alarmsirene aufheult, wissen wir, daß Frau Blumenfeld wieder einmal vergessen hat, die Anlage abzustellen.

Wir selbst fühlten uns völlig sicher und gingen noch am selben Tage aus. Unser Vertrauen hielt bis zur übernächsten Straßenecke an. Dann blieb die beste Ehefrau von allen erbleichend stehen:

»Um Himmels willen«, flüsterte sie. »Ich weiß nicht, ob ich den Alarm eingeschaltet habe...«

Wir sausten zurück, fanden alles in bester Ordnung und machten uns glücklich auf den abermaligen Weg.

Als wir im Restaurant die Speisekarte studierten, durchfuhr mich plötzlich eine Art telepathischer Botschaft: »Falscher Alarm, falscher Alarm!«

Atemlos langten wir zu Hause an. Tatsächlich: Die ganze Nachbarschaft hatte sich versammelt, Wattepfropfen in den Ohren und Flüche auf den Lippen. Besonders erbittert war unser Nachbar Felix Seelig, dem seine Nachtmahlgäste davongelaufen waren, weil sie den ohrenbetäubenden Lärm nicht vertrugen. Wir baten ihn um Entschuldigung, die er uns nicht gewährte, und betätigten den Notruf zu Tula & Co. Der Reparaturfachmann entdeckte binnen kurzem die Ursache des Betriebsunfalls: Unser Telefon hatte geklingelt und mit seinem Signal die Sirene aufgeweckt. Künftig sollten wir vor jedem Verlassen des Hauses den Telefonstecker herausziehen und zur Sicherheit auch den Fernsehapparat lahmlegen.

Am folgenden Abend gingen wir ins Kino, die ganze Familie. Der Film war auch für unsere Kleinen geeignet, ein Krimi, aber nicht zu kriminell. Gerade als es spannend zu werden versprach, griff die beste Ehefrau von allen mit zitternder Hand nach meinem Oberarm. Auch ihre Stimme zitterte:

»Ephraim... ich... das Telefon... ich bin nicht sicher, ob ich den Stecker herausgezogen habe...«

Mit einem Satz war ich im Foyer, rief Felix Seelig an, entschuldigte mich für die Störung zu so später Stunde und fragte ihn, ob er vielleicht einen Lärm hörte ähnlich dem gestrigen.

Nein, es sei nichts zu hören, sagte er.

Zufrieden schlich ich auf meinen Sitz zurück und versuchte, den unterbrochenen Spannungsfaden aufzunehmen.

Zehn Minuten später wiederholte ich meinen Anruf: Man kann nie wissen.

Felix antwortete unverändert negativ, nur sein Tonfall hatte sich ein wenig in Richtung Grobheit verändert. Beim drittenmal hob er gar nicht erst ab. Ein klassischer Fall von guter Nachbarschaft.

Was den Krimi betrifft, so habe ich leider nicht mehr erfahren, wer der Mörder war, denn wir verließen das Kino vor Schluß des Films und rasten in polizeiwidrigem Tempo nach Hause. Völlige friedliche Ruhe empfing uns. In unserer begreiflichen Erleichterung vergaßen wir den Fünfzehn-Sekunden-Spielraum, was uns dann die beruhigende Gewißheit verschaffte, daß die Alarmanlage nichts von ihrer Lautstärke eingebüßt hatte.

Einige Tage später waren wir zu Besuch bei den Spiegels, unseren alten Freunden. Mitten im Genuß der von Frau Spiegel hausgemachten Eiscreme überkam mich wieder eine telepathische Zwangsvorstellung. Ich ließ die Eiscreme schmelzen, sprang in den Wagen und steuerte heimwärts. Es war nichts.

Um diese Zeit begann ich das Publikum in öffentlichen Lokalen zu beobachten. Wenn ich beispielsweise an einem Kaffeehaustisch zwei Leute sitzen sah, die nervös um sich blickten und bei jedem stärkeren Laut zusammenfuhren, dann wußte ich: Die haben zu Hause ein einbruchssicheres Alarmsystem.

Es kam der Tag, an dem wir unser Opern-Abonnement ausnutzen mußten.

»Wir werden das Zeug abschalten«, entschied die beste Ehefrau von allen. »Draußen regnet's. Bei diesem Wetter bricht niemand ein.«

»Wozu brauchen wir dann überhaupt eine Alarmanlage?« fragte ich.

»Für unseren Seelenfrieden«, antwortete sie. Und sie hatte recht, wie immer. Der Gedanke an die ausgeschaltete Sirene versorgte uns mit innerem Gleichgewicht für drei Arien und ein Rezitativ. Dann war's vorbei.

»Jetzt!« zischte meine entschlußkräftige Lebensgefährtin. »Jetzt, in diesem Augenblick, wird bei uns eingebrochen!«

Auch ich konnte es ganz deutlich fühlen. Berufseinbrecher wissen aus Erfahrung, daß der durchschnittliche Alarmsystembesitzer am elften Abend das Haus verläßt, ohne die Sirene einzuschalten. Sie zählen die Tage, angefangen vom Tag des Erwerbs, sie warten, sie lauern, und wenn es soweit ist – mit einem Wort: Wir fuhren nach Hause. Und fanden alles in Ordnung. Unsere Nerven und unser ganzer Gesundheitszustand begannen allmählich Verfallserscheinungen aufzuweisen.

Dem Tula-Techniker war dergleichen nicht neu. Einige seiner Kunden, so ließ er uns wissen, hätten Wächter gemietet, die vor dem Haus patrouillierten und im Fall eines falschen Alarms nach dem Rechten sähen.

»Großartig!« gab ich hämisch zurück. »Das kann ich ja selbst, vor meinem Haus auf und ab gehen.«

Es wurde von Tag zu Tag schlimmer. Gestern begann die Sirene zu heulen, als der Postbote über einen lockeren Draht stolperte. Meine arme Frau geriet an den Rand eines Nervenzusammenbruchs. Man mußte etwas unternehmen.

»Ich hab's«, sagte ich. »Wir 'werden ganz einfach nicht mehr ausgehen, und die Sache ist erledigt.«

So geschah's, und so hat unsere kostspielige Alarmanlage das Einbrecherproblem endgültig aus der Welt geschafft. Besser mit der Möglichkeit eines Raubüberfalls leben, als in der ständigen Furcht vor einem falschen Alarm. Wir rühren uns jetzt nicht mehr aus unseren vier Wänden, weder bei Tag noch bei Nacht.

Das ist die Lösung: Bleibe zu Hause und alarmiere dich redlich.

Der Kampf um den Blick des Kellners

Und nun laßt uns tief Atem holen und in die Tiefen der Metaphysik hinabtauchen. Ich denke da an einen der ältesten und beliebtesten Träume der Menschheit, dessen Auswertung schon manchen Schriftsteller in die höchste Einkommensteuer versetzt hat – an den Traum, unsichtbar zu sein. Für mich persönlich ist das allerdings kein Traum, sondern ein Alptraum, der etwa zweimal in der Woche zur Wirklichkeit wird, Und immer dann, wenn ich hungrig bin.

Ich habe einen beträchtlichen Teil meines rund fünfzigjährigen Lebens zu gründlichen Nachforschungen verwendet, deren Ergebnis nunmehr mit wissenschaftlich fundierter Sicherheit feststeht: Die israelischen Kellner sehen mich nicht. Solange sich's nur um den Hauptgang handelt, komme ich bei ihnen noch einigermaßen an. Aber bis zum Wunsch nach einer Vor- und Nachspeise, einer Suppe, einer Beilage oder einer anderen Ergänzung meiner Mahlzeit darf ich mich nicht versteigen. Da hasten sie mit hochbeladenen Servierbrettern an mir vorbei und würdigen mich keines Blickes.

Der israelische Kellner scheint mit Röntgenaugen ausgestattet zu sein. Er sieht durch mich hindurch, als wäre ich transparent. Es ist ein Musterfall der allgemein grassierenden Kommunikationskrise. Wenn ich in einem israelischen Restaurant sitze, fühle ich mich wie der berühmte »Unsichtbare Mann«, den der Filmschauspieler Claude Rains seinerzeit so überzeugend dargestellt hat. Manchmal zwicke ich mich, um Gewißheit zu erlangen. Ich zwicke mich, ergo bin ich. Aber das heißt noch lange nicht, daß ich ergo auch mein Kompott bekomme. Kompott bekommt nur, wer den Blick des Kellners erhascht. Kein Kellnerblick – kein Kompott. So ist das Leben.

Wäre ich ein Indianerhäuptling, ich hieße wahrscheinlich »Kleiner-Vogel-den-kein-Kellner-sieht«. Andererseits könnte ich mir vorstellen, daß die indianischen Kellner mich sehen würden. Es sind die israelischen, die mich nicht sehen.

Soll ich mich damit trösten, daß ich in meinem Dilemma nicht allein bin? Die Gaststätten des Gelobten Landes bersten von Möchtegern-Essern, die sich erfolglos bemühen, von einem Kellner gesehen zu werden. Einige hissen die Fahne der Rebellion in Form einer Papierserviette, die sie wild über ihrem Kopf hin- und herschwenken, um auf diese Weise visuellen Kontakt mit dem Personal herzustellen. Oder sie schreien. Oder sie dreschen ihre Fäuste auf den Tisch. Aber was immer sie tun – kein Kellner sieht sie.

Ich habe von einem verzweifelten Restaurantbesucher in Jaffa gehört, der zwecks Verdeutlichung seines Hungers eine blaurote Rakete abbrannte. Es gab auch schon Versuche mit Lassos. Und in einem unserer vornehmsten Schlemmerlokale saß einmal ein Gast zwanzig Minuten lang mit einer Blinklampe auf dem Kopf, in der Hoffnung, durch ständiges Blink-blinkblink die Aufmerksamkeit eines Kellners zu erregen. Er hoffte vergebens.

Nach Ansicht erfahrener Zeitgenossen gibt es nur einen einzigen sicheren Weg zur Herbeilockung eines Kellners: indem man aufsteht und das Lokal verläßt, ohne zu zahlen. Die Anhänger dieser These sind im Irrtum. Der israelische Kellner legt nicht den geringsten Wert auf ihr schäbiges Geld. Was er will, ist Macht, die nackte, selbstherrliche Macht, nur den zu nähren, der ihm paßt. Außerdem ist schon manch ein Hungriger, der sich unter wüstem Schimpfen entfernt hatte, bald darauf reuig zurückgekehrt und hat sich wieder hingesetzt, zur nächsten Runde im Kampf um den Blick des Kellners.

Auch Gewaltakte helfen nicht. Man kennt den Fall eines Gastes, durch den die Kellner so lange hindurchsahen, bis er sich für Glas hielt und gewissermaßen zu Prüfungszwecken ein Glas ergriff, das er an die Wand schleuderte, und dann noch eines, noch eines und noch eines. Das Urteil lautete auf zwei Stunden, die er zwischen den Glasscherben absitzen mußte, und niemand kümmerte sich um ihn. Aber es sind auch schon Gäste verhungert, die ohne Glasscherben dasaßen.

Vor der Illusion, durch ein generöses Trinkgeld ans Ziel zu gelangen, muß eindringlich gewarnt werden. Der israelische Kellner ist nicht käuflich.

Vor einigen Wochen, in einem kleinen, nur halb gefüllten Lokal mit weiblicher Bedienung, verlor ich die Kontrolle über mich, packte die ältliche Kellnerin an den Schultern und schüttelte sie:

»Warum tun Sie so, als ob ich nicht vorhanden wäre? Nur weil ich ein Gast bin? Bin ich deshalb kein Mensch? Warum sehen Sie mich nicht?«

Die Kellnerin richtete sich auf, strich ihr graues Haar zurecht, sah mich ruhig an und sagte:

»Ich stehe seit sieben Uhr früh auf den Beinen, mein Herr.«

Damit verschwand sie in Richtung Küche. Ich habe sie nicht mehr gesehen, besser gesagt: Sie hat mich nicht mehr gesehen.

Auf dem Heimweg verfiel ich in tiefe Nachdenklichkeit. Das ist es, sagte ich mir. Das ist der Grund für das defekte Verhalten der israelischen Kellner. Wenn die grauhaarige Hexe ihren Dienst ein wenig später angetreten hätte, sagen wir: um neun statt um sieben, hätte sie vielleicht die Umrisse meiner Gestalt ausmachen können. Und bei einem Arbeitsbeginn um die Mittagszeit wären sogar meine Gesichtszüge bis zu ihrer Netzhaut gelangt, wenn auch undeutlich. Wer weiß, am Ende hätte sie im Vorübereilen ein hastiges »Ich komme sofort« für mich fallen lassen. Natürlich wäre sie nie gekommen. Aber ich hätte mir wenigstens sagen dürfen, daß ich gesehen wurde. Ich gebe die Hoffnung nicht auf. Eines Tages werde ich meinen Lebenserinnerungen eine kurze Notiz anfügen: »Heute habe ich den Blick eines Kellners erhascht. Ich bin im Himmel.«

Und dann sterbe ich, mit einem triumphierenden Lächeln auf den Lippen.

Franzi ist menschlich

Wenn wir schon bei Menschheitsträumen sind: es gibt noch einen anderen, und zwar die unstillbare Sehnsucht des Menschen, die Sprache der Tiere zu verstehen. Was, so fragt sich die Krone der Schöpfung, was denken die Tiere von uns? Wie geht es zu, wenn sie sich über uns unterhalten? Sehen sie in mir, dem Homo sapiens, ein intelligentes Lebewesen und einen gutaussehenden Vertreter des menschlichen Geschlechts – oder lediglich einen Ausrutscher der Tierwelt, ein seltsames Monstrum? Das sind komplizierte Fragen, zu deren Beantwortung die zoologische Forschung bisher nur wenig beigetragen hat. Es gibt Menschen, von denen man angebellt oder angeknurrt wird, und man versteht genau, was sie meinen. Hier berichte ich erstmals über den Fall eines verständlich sprechenden Hundes. Aber es wäre mir lieber gewesen, er hätte das Maul gehalten.

Vor ein paar Tagen erschien mir im Traum eine Fee. Sie war etwas über sechzig, sah aber noch recht gut aus.

»Ich komme mit einer erfreulichen Mitteilung«, sagte sie. »In unserer Neujahrslotterie wurde Ihre Nummer gezogen. Sie haben drei Wünsche frei. Also?« Da ich schon lange auf das Erscheinen einer Fee gewartet hatte, brauchte ich nicht lange nachzudenken:

»Erstens wünsche ich mir, daß die israelische Regierung mir in Hinkunft die Steuer für Auslandsreisen erläßt. Zweitens möchte ich die Sprache der Tiere verstehen, wie einstmals König Salomon. Und drittens möchte ich, daß von jetzt an alle meine Wünsche erfüllt werden, ohne Widerrede.«

»Hm«, machte die Fee. »Lassen Sie mich überlegen. Hm. Das mit der Auslandsreisesteuer wird sich leider nicht machen lassen. Gegen die Steuer kämpfen selbst Feen vergebens. Und Ihr dritter Wunsch ist eine kindische Provokation. Bleibt also die Sprache der Tiere. Hm. Gut, bewilligt. Sie werden die Sprache der Tiere ab sofort verstehen.«

Sodann berührte sie meine Stirne mit ihrem ein wenig abgenutzten Zauberstab und verschwand.

Ich wandte mich an unsere erstklassig rassengemischte Hündin Franzi, die neben meinem Bett lag: »Na, was sagst du dazu?« fragte ich.

Franzi rekelte sich. Ihre Stimme klang schläfrig:

»Die war vorher auch bei mir, mit ihren drei Wünschen. Ich wünschte mir drei Hammelkoteletts, und da sagte die alte Hexe, daß die Küche bereits geschlossen sei. Zum Ersatz offerierte sie mir die Zauberkraft, meinen Herrn zu beherrschen. Dazu brauche ich keine Fee, erwiderte ich. Meinen Herrn beherrsche ich sowieso.«

»Wen? Mich?«

»Wen sonst? Habe ich dich vielleicht nicht gut dressiert? Ich riskiere die Behauptung, daß du einer der bestdressierten Hundebesitzer im weiten Umkreis bist.«

Es verwirrte mich ein wenig, Franzi mit mir reden zu hören, als wäre sie der Schriftsteller und ich die Rassenmischung. Andererseits freute es mich, daß ich tatsächlich jedes Wort verstand.

»Wenn wir schon dabei sind«, fuhr Franzi fort. »Du hast dich besonders in den Disziplinübungen als sehr gelehrig erwiesen.«

»Von welcher Disziplin sprichst du?«

»Zum Beispiel von der Nahrungsdisziplin. Ich habe viel Geduld für dich gebraucht, das gebe ich zu, aber jetzt folgst du aufs Wort. Einige der mit mir befreundeten Hunde meinen sogar, ich hätte die Sache übertrieben und dich in einen geistlosen Roboter verwandelt. Dem halte ich entgegen, daß du ganz einfach von Natur aus gelehrig bist. Das habe ich eines Tages durch Zufall entdeckt, bei deiner mittäglichen Nahrungsaufnahme. Als ich mich auf die Hinterbeine stellte und mit dem Schwanz wedelte, hast du sofort reagiert und hast mir mit dem Ausruf ›Hopp, hopp, hopp!‹ ein paar Fleischstücke zugeworfen. Seither funktioniert diese Methode mit absoluter Sicherheit. Ein Musterfall von Dressur.«

»Komisch«, sagte ich. »Ich habe immer geglaubt, daß du mit dem Schwanz wedelst, weil ich dir etwas zuwerfe.«

»Nein. Du wirfst, weil ich wedle. Du reagierst auf meine Wünsche. Ich brauche nur ein paarmal um dich herumzuspringen – und schon rufst du ›Platz! Platz!‹, als ob ich auf einen Knopf gedrückt hätte. Ich habe dich auch darauf dressiert, mich rechtzeitig auszuführen. Du nennst es ›Gassi gehen‹. Pünktlich um halb sieben reibe ich meine Schnauze an deinem Bein und sehe dich an. Das ist das Zeichen für dich, die Leine zu nehmen und mir auf die Straße zu folgen. Dort erledige ich, was ich zu erledigen habe, während du danebenstehst und wartest, ohne dich zu rühren. Du bist wirklich sehr folgsam, ich sagte es ja schon.«

»Und ich dachte, daß *du*...«

»Ein Selbstbetrug. *Du* bist es, der *mir* gehorcht. Es ist ein automatischer Reflex, das wurde von diesem russischen Forscher, diesem Pawlow, einwandfrei festgestellt. Du hast sicherlich von den Experimenten gehört, bei denen der Hund die Reflexe des Professors kontrolliert hat. Es war ein musikalischer Hund, der besonders gerne das Klingeln von Glöckchen hörte. Und wenn er es hören wollte, brauchte er nichts weiter zu tun, als ans Fressen zu denken, also ein wenig Magensäure anzusammeln – und schwupps! sprang der gut dressierte Professor auf, um das Glöckchen zu holen. Was dich betrifft: Du bist nicht auf Glöckchen eingestellt, sondern auf Stock. Ich nenne das Freiluft-Training. Kaum kommen wir an den Strand, melden sich deine Reflexe, du suchst nach einem Stock und wirfst ihn ins Wasser. Ich kann ihn zurückholen, sooft ich will – du wirfst ihn immer wieder ins Wasser.«

»Aber es macht dir doch Spaß, den Stock zu holen!«

»Wer hat dir das eingeredet?«

»Ich glaubte es dir anzumerken.«

»Eben ein Irrtum. Aber das ist nicht schlimm. Im ganzen gesehen, bist du gutes Material. Nicht gerade brillant, aber anpassungsfähig. Manchmal rührst du mich sogar.«

»Na ja«, machte ich geschmeichelt. »Du weißt ja, wer der beste Freund des Hundes ist.«

»Von Freundschaft kann hier keine Rede sein«, wies mich Franzi kühl zurecht. »Ich brauche dich zur Hebung meines Selbstbewußtseins, das ist alles. Und jetzt kannst du weiterschlafen, mein Kleiner.«

»Ich möchte noch…«

»Platz!«

Mussa und Garfinkel

Der Kulturträger Fernsehen – wofern man von einem solchen sprechen will – hat sich nicht nur ein eigenes, folgsames Publikum erzogen, sondern in manchen Leuten einen sozusagen tierischen Instinkt geweckt, der es ihnen ermöglicht, die Anwesenheit einer Fernsehkamera unfehlbar zu erschnüffeln und sich in das kleine Bild auf der Mattscheibe hineinzudrängeln. In Israel hat sich diese Infiltration in das Massenmedium zu einer Volkskunst entwickelt.

Die Amateurdarsteller Mussa und Garfinkel gehören zu den populärsten Stars des israelischen Fernsehens. Die unerschöpfliche Serie ihrer Abenteuer – betitelt »Wer winkt, gewinnt« – wird im Beiprogramm der meisten Sendungen ausgestrahlt. Man kennt die beiden noch im entferntesten Winkel unseres verwinkelten Landes. Sie tauchen bei jedem Interview, das unter freiem Himmel stattfindet, hinter dem Interviewten auf und winken ins Publikum, sie schieben sich bei jeder Reportage ins Blickfeld der Kamera: Mussa, der Grinser, und Garfinkel, der Glotzer.

Es ist ein Rätsel, wieso sie immer ganz genau wissen, wann und wo ein Kamerateam unseres Fernsehens in Aktion treten wird. Gleichgültig, ob der jeweils amtierende Reporter auf dem höchsten Gipfel des Skopusberges ein Gespräch mit dem Bürgermeister von Jerusalem führt oder ob er auf dem tiefsten Grund der Lohnskala einen streikenden Arbeiter befragt – Mussa und Garfinkel sind zur Stelle, kommen ins Bild, absolvieren ihr Winkpensum und beginnen, wenn sie genug gewinkt haben, Grimassen zu schneiden, offenbar zur Erheiterung ihrer zahllosen Verwandten, die im Dschungel der Antennen hausen.

Jeder der beiden Künstler hat seinen eigenen Stil entwickelt. Mussa erscheint mit einem breiten Grinsen, das von zwei unwahrscheinlich kompletten Reihen blitzender Zähne unterstützt wird, und kämpft sich mit grimmiger Entschlossenheit bis dicht vor die Kamera durch. Garfinkel ist mehr ein nachdenklicher, träumerischer Typ. Ohne daß irgend jemand gesehen hätte, wie er nach vorn gelangt ist, steht er plötzlich da und glotzt mit dem abwechslungsreichen Mienenspiel eines toten Karpfens in die Linse.

Garfinkel ist sogar imstande, stehend einzuschlafen, während gerade ein wichtiger Staatsmann eine wichtige Ansprache an das versammelte Volk richtet.

Mussa hingegen, grinsend und zwischen blitzenden Kiefern einen Kaugummi kauend, pflanzt sich so dicht hinter dem Staatsmann auf, daß es aus einem bestimmten Einstellungswinkel der Kamera aussieht, als ob wir doppelköpfige Staatsmänner besäßen. Kritische Zuschauer können dann nur mühsam den Gedanken an einen Januskopf unterdrücken.

Es wäre jedoch ein Irrtum zu glauben, daß Garfinkels scheinbar temperamentlose Darbietung jeglichen Spannungsmomentes enträt. Im Gegenteil. Sowie sein Fischgesicht ins Bild schwimmt, stellen sich seine Anhänger die aufregende Frage, ob er auch diesmal wieder in der Nase bohren wird oder nicht. Meistens bohrt er. Der kleine Finger seiner linken Hand macht sich langsam auf den Weg in sein rechtes Nasenloch, verschwindet allmählich bis zur Hälfte oder noch weiter – und über kurz oder lang verlagert sich die Aufmerksamkeit der Zuschauer vom Redner zum Bohrer. Was dieser zu bieten hat, ist ja auch wirklich interessanter.

Mussa, der Vollblutkomödiant, wirkt demgegenüber wie ein alter Routinier, der die Pointen nur so um sich streut. Er setzt auf Temperament und rasch wechselnde Handlung.

Im folgenden der Entwurf zum Drehbuch eines tollkühnen Bankraubs. In den Hauptrollen Sergeant Lefkov von der Kriminalpolizei und Mussa von »Wer winkt, gewinnt«. Ort der Handlung: vor dem überfallenen Bankhaus. Zeit: früher Nachmittag.

Sergeant Lefkov steht inmitten einer Menge von Bewunderern und gibt dem Fernsehreporter einen zusammenfassenden Bericht:

Lefkov: »Es handelt sich hier um einen der verwegensten Banküberfälle, die jemals in Groß-Tel-Aviv während der letzten vierundzwanzig Stunden verübt wurden.« (Mussa kommt von rechts ins Bild und arbeitet sich nach vorn, Blick und Grinsen starr auf die Kamera gerichtet.)

Lefkov: »Die Räuber waren mit Masken, automatischen Schußwaffen und einem Flammenwerfer ausgerüstet.« (Mussa hat die zweite Reihe Mitte erreicht, macht halt und fragt den Kameramann, auf Lefkov deutend, in allgemein verständlicher Gebärdensprache: »Wer ist das?«)

Lefkov: »Als der Kassierer Widerstand leisten wollte, feuerte einer der Gangster gegen die Decke und verursachte erheblichen Mörtelschaden.« (Mussa springt hoch, winkt, ruft »Schweppes!« und wendet sich plötzlich nach links, von wo ihn der Regisseur des Fernsehteams mit heftigen Bewegungen auffordert, sofort zu verschwinden. Mussa, erstaunt: »Wer? Ich?«) Lefkov ist verwirrt, tritt zögernd zur Seite, bleibt stehen, setzt fort: »Die Räuber zwangen die im Bankraum anwesenden Kunden mit vorgehaltener Waffe zum Absingen eines Kinderliedes und schossen zwischendurch wahllos gegen die Fensterscheiben.« (Mussa befindet sich jetzt auf gleicher Höhe mit dem Sergeanten; seine Lippen formen unhörbar, aber deutlich die Worte: »He, das bin ich! Ihr seht mich doch? Hier!«)

Lefkov: »Einige Passanten wurden durch umherfliegende Glassplitter verletzt und auf die Polizeistube gebracht, wo sie verhört werden.« (Eine Hand kommt dicht vor die Kamera ins Bild, packt Mussa am Kragen und entfernt ihn. Sein Platz wird sofort von einem anonymen Winker eingenommen. Die Aufnahme verschwimmt. Auf dem Bildschirm erscheint Prinzessin Caroline von Monaco. Stimme des Sprechers: »Finanzminister Rabinowitz dementierte heute die Nachricht...«)

Das ist, wie gesagt, nur ein Entwurf, auf den die Darsteller der Serie »Wer winkt, gewinnt« in keiner Weise angewiesen sind. Sie improvisieren ihre Sendungen ohne jede Hilfe. Man kann sich auf sie verlassen wie auf keine andere Aussendung des israelischen Fernsehens. Und es ist hoch an der Zeit, daß man ihnen die entsprechende Würdigung zuteil werden läßt. Wann immer in Hinkunft ihre Gesichter auf dem Bildschirm erscheinen, müßten zugleich ihre Namen eingeblendet werden. Das ist wohl das mindeste, was diesen beiden Stützen unseres Fernsehprogramms zusteht.

Nie wieder Pornofilm

Von uns modern eingestellten Menschen wird verlangt, daß wir die Pornographie als natürlichen Bestandteil unseres Lebens akzeptieren und uns in den einschlägigen Kinos mit ihr beschäftigen. »Bekannt machen« ist leicht gesagt, aber was machen wir mit den Bekannten? Und vor allem: Was macht ein normaler, sexbesessener Familienvater wie ich?

Als ich unlängst durch die Straßen schlenderte, wurde mir plötzlich inne, wie weit die Überschwemmung schon gediehen ist. Die Überschwemmung durch schwedische Nymphen.

Auf den Kinoplakaten meine ich.

Unsere Kinos haben auf ihre alten Tage endlich den Sex entdeckt. Statt Romantik und Exotik bieten sie uns – spät, aber doch – die nackte Wahrheit. Man kann keinen Schritt mehr machen, ohne vom Anblick einer blonden Sexbombe überwältigt zu werden, die gerade von einem Gorilla überwältigt wird. Bei näherem Zusehen entpuppt sich der Gorilla manchmal als Mensch. Aber das spielt keine Rolle. Die Rolle wird von der Sexbombe gespielt.

Gesprächsweise machte ich eine Bemerkung darüber zu unserem Wohnungsnachbarn Felix Seelig, und er sagte ja, wirklich, es ist kaum noch zum Aushalten. Jeden Morgen auf seinem Weg ins Büro bekommt er's mit diesen nackten Weibsfiguren zu tun, alle in natürlicher Größe und in übernatürlicher Deutlichkeit, man weiß gar nicht, wohin man zuerst wegschauen soll.

Kein Zweifel, ich mußte mir selbst ein Urteil bilden. Zuerst betrachtete ich ausführlich eines der deutlichsten Plakate. Es war, sozusagen, ein Brustbild. Dann wandte ich mich den Aushängekästen zu. Auch dort gab es Brustbilder, nur in kleinerem Format, was die Bilder betraf. Ich dachte an den verheerenden Einfluß dieser Bilder auf unsere Jugend und beschloß, den verheerenden Einfluß des ganzen Films auf mich wirken zu lassen.

Im nächsten Augenblick stand ich vor der Kassa und vor einem neuen Problem: Wie benimmt sich ein allseits respektierter Familienvater, der einen Pornofilm sehen will?

Ich hatte so etwas schon einmal gemacht, in New York, in sicherer Entfernung vom heimischen Herd, und nur weil mir in der Hetzjagd meiner beruflichen Verabredungen eine unverhoffte freie Stunde vergönnt war. Also ging ich ins nächste Kino, und da spielten sie zufällig einen Pornofilm. Es war grauenhaft. Bei meinem Eintritt war die Leinwand von einer Nahaufnahme ausgefüllt, ein sechs Meter großer Frauenmund öffnete sich zwei Meter weit und vollzog etwas Sinnliches in Farbe. Ich stürzte geschlossenen Auges auf die Straße hinaus, litt noch wochenlang unter einer schweren Impotenzneurose und war fest entschlossen, mir nie wieder einen Pornofilm anzusehen.

Und jetzt stand ich also vor dem Eingang zu einem heimischen Kinopalast und erwog den Ankauf einer Eintrittskarte.

*

Man muß zugeben, daß die israelischen Kinobesitzer auf die israelischen Väter Rücksicht nehmen: Die erste Vorstellung läuft bereits am Vormittag, wenn die israelischen Söhne in der

Schule sind. Trotzdem hielt ich es für besser, noch ein wenig zu warten.

Die erste Hürde war die Dame an der Kassa. Da ich befürchtete, daß sie mich vom Fernsehen her erkennen werde, veränderte ich mein Äußeres, indem ich freundlich dreinsah. Es klappte.

Im dunklen Zuschauerraum fand ich ohne Mühe einen guten Platz, ließ mich nieder und beobachtete mit Interesse, wie eine blonde Sexbombe, die mit dem Kopf nach unten an der Wand hing, von einem übellaunigen Neger geohrfeigt wurde. Gerade als ich mich in der Handlung zurechtzufinden begann, erschien auf der Leinwand die Ankündigung »Demnächst in diesem Theater«, und es wurde hell.

Lauter Lumpen, diese israelischen Kinobesitzer. Aus schnöder Habgier, nur um ein paar jämmerliche Tafeln Schokolade verkaufen zu können, setzen sie ihre Besucher den schlimmsten Gefahren aus und unterbrechen die Vorstellung. Es ist genau diese Art von schlechtem Management, die unseren wirtschaftlichen Niedergang herbeigeführt hat.

Ich rutschte in meinem Sitz nach vorn, so weit ich konnte, und begann mich vorsichtig umzusehen. Der Saal war zur Hälfte gefüllt, und die Hälfte bestand zur Gänze aus Männern mittleren Alters, nur da und dort…

Um Himmels willen. Giora. Der Schulkamerad und beste Freund meines Sohnes Amir. Vierzehnjährig beide. Dort sitzt er. Statt in der Schule sitzt er in einem Pornofilm, trotz ausdrücklichem Jugendverbot. Wie komme ich von hier weg?

Ich nehme die Brille ab und verstecke mich hinter einer groß entfalteten Zeitung. Vor meinem geistigen Ohr ertönt die Stimme Amirs, der mich zu Hause mit den Worten begrüßt:

»Papi! Was höööre ich?«

Und dazu grinst er.

Wenn nur die Pause schon vorbei wäre! Sobald es dunkel wird, verschwinde ich.

Das ist leichter gedacht als getan. Inzwischen hat nämlich der Film begonnen und ist gar nicht so schlecht. Man könnte ihn beinahe als gut bezeichnen. Die ersten Szenen sind jedenfalls vielversprechend. Sie schildern den Alltag einer durchschnittlichen schwedischen Familie. Die Tochter bringt einem nackten jungen Mann das Frühstück ans Bett, aber er zieht die nackte junge Tochter vor, die Mutter zieht zwischen Tür und Angel den Postboten an sich, der Postbote zieht sich aus. Wohin zieht es eigentlich den Vater?

Väter haben es schwer. Auch Gioras Vater ist nicht zu beneiden, ganz zu schweigen von mir.

Giora – ich werfe einen schrägen Blick nach ihm – hat mich nicht gesehen. Ich bin beinahe völlig sicher, daß er mich nicht gesehen hat. Seine Augen sind unbeirrbar auf die Leinwand geheftet, er will nichts versäumen, er merkt sich's für den eigenen Gebrauch, er legt in seinem Gedächtnis eine Art Zettelkasten an. Es ist eine Schande.

Der nächste Zettel besteht aus einer Lesbierin, die während der Fahrt in einem Aufzug vom Liftboy bekehrt wird. Oben angelangt, schiebt sie die Kollegin, die sie im Negligé erwartet, unmutig zur Seite. Die Kollegin stolpert, fällt dem Liftboy in die Arme und wird auf der Abwärtsfahrt gleichtfalls in das normale Gesellschaftsleben integriert. Hoffentlich hat Giora gut aufgepaßt. Hoffentlich hat er seine Blicke nicht umherschweifen lassen.

Die Männer, die um mich herum sitzen, atmen schwer. Es klingt, als litten sie unter Asthma. In Wahrheit leiden sie unter Selbstvorwürfen. Warum, so fragt sich jeder von ihnen, warum bin ich kein Liftboy geworden? Warum erlebe ich nie das kleinste Abenteuer?

Was mich betrifft, so habe ich einmal eines erlebt, ein ganz kleines. An einer Straßenecke trat ein junges Mädchen auf mich zu, schlenkerte mit der Handtasche und fragte:

»Wohin gehst du, Liebling?«

»Zu Dr. Grünfeld«, antwortete ich wahrheitsgemäß und setzte meinen Weg fort.

Das ist schon lange her. Jetzt muß ich sehen, wie ich von hier wegkomme.

*

Während ich meinen Fluchtplan auszuarbeiten beginne, behalte ich die Leinwand gewissermaßen nebenbei im Auge, beobachte aber zugleich das Publikum, und...

Und jetzt hat mich Giora gesehen. Gerade jetzt, während die Tochter des Hauses mit der herrenlos gewordenen Lesbierin in der Badewanne Platz nimmt, dreht sich dieser infame Lümmel um und fixiert mich. Meine Existenz als Gatte und Vater steht auf dem Spiel. Ich warte nur noch die nächste Vergewaltigung ab, dann drücke ich mich behutsam an den Sitzen vorbei bis zum Ende der Reihe. Fast habe ich's geschafft. Ein letzter Asthmapatient trennt mich vom erlösenden Mittelgang.

Es ist Felix Seelig.

Was bleibt mir übrig, als auf meinen Sitz zurückzukehren. Noch ein Glück, daß Felix mich nicht erkannt hat. Er hat mich nicht einmal bemerkt, so beschäftigt war er.

Und ich hatte immer geglaubt, daß ich in einer gutbürgerlichen Gegend wohne. So sieht das also in Wirklichkeit aus. Lüsterne Heuchler, die im Schutz der Dunkelheit ihre schäbige Gier befriedigen. Vorausgesetzt, daß die Dunkelheit schützt.

Ich wage nicht anderswohin zu schauen als auf die Leinwand, wo das Töchterchen mit seiner Gespielin wieder das Schlafzimmer betritt und den jungen Mann, der noch immer nicht gefrühstückt hat, unmißverständlich auffordert, den etwas schlapp gewordenen Postboten bei der Frau Mama abzulösen, damit sich der Herr Papa die Lesbierin vorknöpfen kann. Irgendwie klappt das nicht, sie geraten alle an- und durcheinander. Die Sache wird immer unübersichtlicher und langweiliger. Ich fühle deutlich, wie meine Männlichkeit nachläßt. Diesmal wird's monatelang dauern.

Ich lasse mich auf den Boden gleiten, tappe umher, als ob ich etwas verloren hätte, krieche auf allen vieren die Sitzreihe entlang, vorbei an Felix, vorbei an Giora, und retiriere mit einem Seufzer der Erleichterung zur Ausgangstüre.

Nie wieder Pornofilm. Nicht für mich. Und das ist endgültig. Ich bleibe noch bis zum Schluß dieses Films – aber dann: nie wieder.

Um meine Erschöpfung zu überwinden, mache ich einen kleinen Umweg, ehe ich nach Hause gehe. An der Tür empfängt mich mein Sohn Amir mit einem niederträchtigen Grinsen, wie es nur Rothaarige produzieren können:

»Papi«, sagte er. »Was höööre ich?«

»Was hörst du?« herrsche ich ihn an. »Was? Daß ich im Kino war? Na und? Ich bin dir zwar keine Rechenschaft schuldig, aber wenn du's wissen willst: Eine Zeitschrift hat bei mir, weil ich ein berühmter Schriftsteller bin, einen Artikel über Pornofilme bestellt. Deshalb war ich im Kino. Beruflich. Um das Geld für deine Erziehung zu verdienen. Den Artikel kannst du in der nächsten Nummer lesen, du unverschämter Bengel.«

Als uns der Strom gesperrt wurde

Früher als alle andern hatten wir bereits Energieprobleme. Es waren die Pioniertage unseres Staates, als jeder Verbrauch von Treibstoff behördlicherseits eingeschränkt wurde, lange bevor ähnliches in der westlichen Welt geschah, die dazu erst des arabischen Öl-Embargos bedurfte. Ich möchte bei dieser Gelegenheit bemerken, daß nichts dergleichen notwendig wäre, wenn Moses für Ölvorkommen im gelobten Land gesorgt hätte.

Unsere Hausfrauen vertraten immer schon den Standpunkt, daß elektrische Kochherde billiger kämen, daß sie die Pfannen sauberer ließen und daß es für die Kinder nicht so leicht wäre, das Haus mit Zündhölzern in Brand zu stecken. Ich gab meinen Widerstand auf. Ein altes Sprichwort besagt, daß es keinen Sinn hat, als blinder König unter lauter Einäugigen zu leben. Oder so ähnlich.

Wir kochten elektrisch, die Obrigkeit merkte nichts, die Hausfrauen jubilierten, und einige von ihnen kauften sogar größere Herdplatten.

Und dann schlug die Staatsgewalt zu.

Es war, ich erinnere mich genau, an einem Mittwoch, als in

unserer Straße ein in Khaki gekleideter Mann erschien und sich den Stromzählern des Hauses Nr. 4 näherte. Der Zähler von Frau Schapira beeindruckte ihn so sehr, daß er den Strom sofort sperrte. Frau Schapira stand ohne Elektrizität da und mußte viele Male die Korridore der Amtsräume durchwandern, wo der elektrische Strom verwaltet wird, mußte an zahllose Türen klopfen und vor zahllosen Amtstischen ihren Text aufsagen, ehe es ihr gelang, die Regierung mit Hilfe eines ärztlichen Zeugnisses davon zu überzeugen, daß sie in jener schicksalsschweren Stunde nur deshalb elektrisch gekocht hatte, weil sie andernfalls gestorben wäre. Erst dann bekam sie ihren elektrischen Strom wieder zurückgeschaltet.

Als sich herumsprach, daß die Verwendung verbotener Elektrizität eine bittstellerische Tätigkeit von mehreren Tagen nach sich zöge, bemächtigte sich der Hausfrauen große Erregung. Sie beriefen eine vertrauliche Sitzung ein und beschlossen, geeignete Maßnahmen zu ergreifen, um einer Wiederholung des Falles Schapira vorzubeugen. Die Kinder aller in Betracht kommenden Häuser wurden angewiesen, beim Herannahen eines in Khaki gekleideten Fremden sofort und in voller Stärke das Fliegeralarm-Signal nachzuahmen. Ihnen machte es Spaß, und die Mütter waren gewarnt.

Die junge Bürgerwehr bezog Stellung und paßte scharf auf. Dennoch gelang es der Exekutive, hindurchzuschlüpfen, allerdings nur dank einer Kriegslist: Ein Zittergreis in schwarzem Anzug passierte die gestaffelten Abwehrformationen, richtete sich vor dem Haus Nr. 5 zu voller Größe auf und nahm, wie Augenzeugen berichteten, drei Stufen auf einmal.

Zu spät wurden die Verteidiger gewahr, daß man sie getäuscht hatte. Zu spät brachen sie in ihr lautstarkes Warnsignal aus. Frau Bajit, eine Bewohnerin des Hauses Nr. 5, fiel dem tückischen Vorgehen der Regierung zum Opfer. Sie brauchte vier Tage und drei Nächte, ehe sie nachweisen konnte, daß nicht sie, sondern ihre Schwägerin, die sich im Besitz der belgischen Staatsbürgerschaft und folglich in Unkenntnis der israelischen Elektrizitätsvorschriften befand, vom Strom widerrechtlich Gebrauch gemacht hatte. Auf Grund einer Bescheinigung des belgischen Generalkonsulats nahm man von einer Geldstrafe Abstand und schaltete den Strom wieder ein. Dieser zweite Überfall hatte den Hausfrauen die ganze Schwere der Situation vor Augen geführt. Den Jungbrigaden wurden neue Anweisungen erteilt. Sie sollten fortan beim Auftauchen jeder fremden Gestalt zwischen acht und fünfzig Jahren, ungeachtet ihrer Kleidung, sofort Signal geben. Um den Feind zu verwirren, wurde auch das Signal gewechselt, und zwar vom Fliegeralarm zu unserer Nationalhymne.

Die Regierung überlistete uns abermals.

Gegen Ende der Woche drang eine brillentragende Weibsperson in die Befestigungsanlagen ein, nahm Richtung auf das Haus Nr. 4, warf einen kurzen Blick auf den Stromzähler und stürmte in die Wohnung des Ehepaares Malensky.

Diesmal lag der Fall für die Exekutive nicht ganz so günstig. Frau Malensky hatte zwar elektrisch gekocht, aber sie verwendete dazu ein umgekehrtes Bügeleisen und verwies die Geheimagentin auf den im Amtsblatt erschienenen Regierungserlaß, demzufolge das Bügeln bis neunzehn Uhr gestattet war.

Dennoch belegte man unsere Nachbarin mit einer eintägigen Bittstellerei und mit dem ausdrücklichen Verbot, ihre Kochgeräte zu bügeln.

Am folgenden Sonntag errang die Regierung einen durchschlagenden Erfolg.

Gegen zehn Uhr vormittags stimmten die Kinder plötzlich die Nationalhymne an, die Hausfrauen traten prompt in Aktion, zogen sämtliche Stecker aus den Kontakten und verbargen die elektrischen Kochplatten in verschiedenen Winkeln ihrer Wohnungen. Dann stellten sie die Töpfe und Pfannen auf den Gasherd und begannen ihrerseits zu singen.

Der Spion hatte sich die Wohnung von Frau Kalanijot in Nr. 7

ausgesucht, schnupperte ein wenig umher und war alsbald der brennenden Matratze im Schlafzimmer auf die Spur gekommen.

Frau Kalanijot wurde zu einer vollen Woche Bittstellerei verurteilt.

Und dann gerieten wir selbst in den Würgegriff des Schicksals. Ich hatte immer geahnt, daß auch uns einmal die Stunde schlagen würde. Jetzt war es soweit. Wir saßen gerade beim Mittagessen, die beste Ehefrau von allen und ich, auf der elektrischen Herdplatte brutzelte es lustig – als plötzlich, mitten im besten Schmaus, dicht unter unserem Fenster die feierliche Weise der Nationalhymne erklang.

Wie sich nachher herausstellte, hatte der Elektrizitäts-Spion die Reihen unserer Verteidiger in der Verkleidung eines Postboten durchbrochen und sich direkt in unser Haus eingeschlichen. Dem aufgeweckten Söhnchen der Familie Malensky war es jedoch nicht entgangen, daß der vergebliche Briefträger keine Tasche mit Briefen trug, sondern lediglich ein Notizbuch und einen Bleistift. Daraufhin hatte der pfiffige Kleine sofort die Nationalhymne angestimmt und uns gewarnt.

Das ermöglichte es mir, den elektrischen Stecker herauszuziehen, während der Feind den Hausflur durchquerte. Jetzt erklomm er die Stiegen.

In diesem Augenblick überkam mich eine meiner genialen Inspirationen. Ich stürzte zum Gasherd, zündete ihn an, nahm die elektrische Kochplatte, stellte sie auf die Gasflamme und stellte die Pfanne auf die Platte. Erst als das geschehen war, gab ich der besten Ehefrau von allen das Zeichen, die Wohnungstür zu öffnen.

Der Regierungsvertreter kam hereingestürzt, stand im nächsten Augenblick auch schon in der Küche und griff nach der elektrischen Platte. »Aha! Sie ist heiß!«

»Was haben Sie erwartet?« sagte ich. »Sie steht ja auch auf einer Flamme, oder nicht?«

Der Mann schien ein wenig verwirrt, was ihn zu lautem Brüllen veranlaßte.

»Eine elektrische Platte auf einer Gasflamme? Sind Sie verrückt?«

»Und wenn ich es wäre?« replizierte ich schlagfertig. »Ist das vielleicht verboten?«

Ein paar Sekunden lang glotzte mich der Spion mit aufgerissenem Mund an, dann machte er kehrt und entfloh.

Einige Tage später wurde er auf eigenes Ersuchen in eine andere Abteilung versetzt. Er konnte es nicht verwinden, daß ein gewöhnlicher Bürger im elektrischen Kleinkrieg die Oberhand über die Behörde behalten hatte.

Ein Denkmal für den Spinat

An dieser Stelle des Buches wurde ich plötzlich von Nostalgie für die Nostalgie erfaßt. Wie angenehm ist es doch, so redete ich mir ein, mit innigem Sehnen jener fernen Tage zu gedenken, in denen alles so viel besser und schöner war, mit der Ausnahme der zahlreichen Dinge, die so widerlich waren wie Spinat.

Vor ein paar Wochen – ich weiß nicht warum, vielleicht unter dem Eindruck der amerikanischen Präsidentenwahl – mußte ich plötzlich an meine Kinderzeit denken. Wenn mich meine Erinnerung nicht trügt – und warum sollte sie das, nach allem, was ich für sie getan habe –, war es eine glückliche, sorgenfreie Zeit; mit Ausnahme eines einzigen Umstandes: Ich war ein ungewöhnlich mageres Kind. Ich war so dünn, daß mein Großvater scherzhaft zu sagen pflegte, ich müßte zweimal ins Zimmer kommen, um drin zu sein.

Die medizinische Wissenschaft befand sich damals in einem Stadium, in dem schwarzgekleidete Hausärzte Eltern einbleuten, daß nur beleibte Menschen wirklich gesund wären, weil sie die zur Bekämpfung von Krankheiten erforderlichen Mengen von Fett und Cholesterin mit sich herumtrügen.

Folgerichtig bekam ich von meiner Familie ununterbrochen zu hören, ich müsse enorm viel Butterbrote essen, sonst würde mir niemals ein Schnurrbart wachsen und die glorreiche ungarische Armee würde auf meine Dienste verzichten. Ich bedaure, sagen zu müssen, daß beide Drohungen mich kaltließen.

Im Mittelpunkt der damaligen Ernährungswissenschaft stand jedoch nicht das Butterbrot, sondern der Spinat. Eine alte jüdische Tradition (und vielleicht nicht nur eine jüdische) besagte, daß kleine Kinder keinen Spinat essen wollen. In der Praxis äußerte sich das in einer Art stiller Übereinkunft: Für Kinder war Spinat ein Anlaß für ewigen Haß, und für Eltern war er ein Testfall ihrer Autorität.

Ich selbst zeigte mich leider völlig ungeeignet für dieses Kräftespiel zwischen den Generationen, und zwar aus einem sehr einfachen Grund: Ich aß Spinat für mein Leben gern. Vielleicht wollten mir die Spielregeln nicht einleuchten. Vielleicht war der Spinat selbst daran schuld, weil er so gut schmeckte. Wie dem auch sei – meine Eltern waren verzweifelt: Jedes normale Kind haßte Spinat. Und ihr eigen Fleisch und Blut liebte ihn. Es war eine Schande.

Immer wenn bei uns daheim Spinat auf den Tisch kam und wenn ich meine gute Mutter um eine zweite Portion der grünen Delikatesse bat, wurde ich scharf zurechtgewiesen:

»Da, nimm! Aber du mußt es bis zum letzten Löffel aufessen! Oder du bekommst von Mami auf deinen Du-weißt-schon-wohin du-weißt-schon-was!«

»Natürlich esse ich ihn bis zum letzten Löffel auf«, antwortete ich. »Er schmeckt mir ja.«

»Nur schlimme Kinder essen keinen Spinat«, redete meine Mutter unbeirrt weiter. »Spinat ist sehr gut für dich. Und sehr gesund! Laß dir ja nicht einfallen, zum Spinat ›pfui‹ zu sagen.«

»Aber Mami, ich eß ihn doch so gern!«

»Du wirst ihn aufessen, ob du ihn gern ißt oder nicht! Brave Kinder müssen Spinat essen! Keine Widerrede!«

»Warum müssen sie?«

»Weil sie sonst in die Ecke gestellt werden, bis Papi nach Hause kommt. Und was dann passiert, kannst du dir denken. Also, iß deinen Spinat schön auf... Na, wird's bald?«

»Ich mag nicht!«

Es war die natürliche Reaktion des kindlichen Gemüts auf einen unverständlichen Zwang. Damit hatte ich meine Mutter genau dort, wo sie mich haben wollte. Und als mein Vater nach Hause kam, fand er sie in Tränen aufgelöst:

»Siehst du?« schluchzte sie. »Hab' ich dir nicht immer gesagt, du verwöhnst ihn zu sehr?«

Mein Vater versetzte mir daraufhin ein paar Ohrfeigen, und wir hatten endlich ein normales Familienleben: Ich haßte Spinat wie alle anderen Kinder, und meine Eltern waren beruhigt.

Da der Spinat für mich von nun an »pfui« blieb, wurde nach einiger Zeit ein Familienrat einberufen, um erzieherische Maßnahmen zur Änderung dieses Zustandes zu beraten. Man diskutierte die einschüchternde Wirkung der »bösen Hexe«, des »schwarzen Mannes« und entschied sich schließlich für den »Lumpensammler« – einfach, weil es den wirklich gab: »Du hast deinen Spinat schon wieder nicht aufgegessen? Warte nur, der Lumpensammler wird dich holen!«

»Wohin?«

»In seine finstere Hütte! Und dort sperrt er dich in seinen finsteren Kleiderschrank! Warte nur!«

Ich wartete nicht, sondern zog es unter den gegebenen Umständen vor, meinen Spinat zu essen.

Einige Tage später – die tägliche Spinatschlacht war bei uns gerade im Gange – ertönte von der Straße her der schneidende Ruf: »Lumpen! Alte Kleider!«

Mir fiel der Löffel aus der Hand, und wie der Blitz war ich

unter dem Tisch, mitsamt meinem Spinatteller, den ich bebend vor Angst bis zur letzten grünen Faser leerte.

Meine Eltern gaben dem Lumpensammler einen Berg von alten Kleidern und baten ihn, als Entgelt dafür täglich um die Mittagszeit durch unsere Straße zu kommen und sehr laut zu rufen.

In diesem Sommer nahm ich zwei Kilo zu. Meine Eltern strahlten. Eines Tages, als der Lumpensammler schon vor dem Mittagessen vorbeikam, nutzte ich die einmalige Gelegenheit und ließ aus einem Fenster im zweiten Stock ein Bügeleisen auf seinen Kopf fallen. Der alte Mann brach zusammen. Das allgemeine Mitleid der übrigen Hausbewohner wandte sich aber nicht etwa ihm zu, sondern meinen armen Eltern, die sich den Wutausbruch ihres mißratenen Sohnes um so weniger erklären konnten, als er doch sonst immer so brav seinen Spinat aufaß.

Den Lumpensammler gibt es nicht mehr. Sein Schreckensruf ist längst verstummt. Der Held meiner Kinder ist ein Fernsehstar, der immer Spinat ißt, wenn er auf dem Bildschirm erscheint. Bei seinem Anblick quietschen meine Kinder vor Vergnügen. Die Zeiten haben sich geändert. Kinder aufzuziehen ist kein Spaß mehr.

Freundschaftspreis

Geschäft und Freundschaft sind zweierlei, pflegen Geschäftsleute ihren Freunden zu sagen. Gewiegte Soziologen zweifeln, ob in unserer modernen, gewinnorientierten Konsumgesellschaft überhaupt noch Menschen existieren, die nicht durch uns, über uns oder gegen uns geschäftlich verbunden sind. Ich habe in mir die vage Hoffnung genährt, daß wahre und uneigennützige Freundschaft noch nicht ausgestorben ist, daß es ein paar Menschen gibt, die mich um meiner selbst willen lieben. Und in der Tat: Es gibt sie! Ich bin bereit, jedem Gleichgesinnten eine Liste mit den Namen und Adressen zukommen zu lassen gegen Bezahlung. Bar. Im voraus.

Allmählich mußten wir einsehen, daß unser alter Stereo-Plattenspieler, den wir für bare 3000 Israelische Pfund gekauft hatten, nicht mehr der beste war. Genauer gesagt: Er war unbrauchbar geworden. Zum Beispiel beschleunigte er um die Mitte jeder Darbietung seine Drehgeschwindigkeit so rasant, daß Schaljapin sich in einen strahlenden Sopran verwandelte und die ausdrücklich als »solemnis« bezeichnete Missa in ein zirpendes Kinderlied. Die Versuche, sein Tempo durch Auflegen eines schweren gläsernen Aschenbechers zu bremsen, erwiesen sich als unfruchtbar. Erfolgreicher waren die Mahnungen der besten Ehefrau von allen, das Wrack zu verkaufen. Ich gab ein Inserat folgenden Wortlauts auf: »Erstklassiger Stereo-Plattenspieler, in hervorragendem Zustand, wie neu, familiärer Umstände halber um I£ 4000,- abzugeben. Einmaliger Gelegenheitskauf!«

Da wir jedoch auf unsere gewohnte musikalische Erbauung nicht verzichten wollten, begannen wir uns vorsorglich nach einem Ersatz für das stillgelegte Gerät umzusehen, wobei uns klar war, daß wir uns nicht etwa an die Verkaufs-Inserate der Tagespresse halten durften, denn diese sind unzuverlässig. Stattdessen bat ich Freunde und Bekannte, ihre Augen offenzuhalten und uns zu benachrichtigen, falls sie etwas Passendes entdeckten.

Alsbald erschien unser Nachbar Felix Seelig mit froher Botschaft: »Ich hab's!« verkündete er jauchzend.»Ein phantastischer Apparat, höchste Qualität, aus erster Hand. Allerdings nicht ganz billig. Der Besitzer verlangt 4000 Pfund. Überflüssig zu sagen, daß ich selbst mit keinem roten Heller beteiligt bin.«

»Laß es gut sein, Felix«, antwortete ich. »Wer ist der Besitzer?«

Felix ließ es gut sein und gab den Namen des Besitzers mit Uri an, und ich sollte nur ja nicht vergessen, ihm, Uri, zu sagen, daß er, Felix, mich geschickt hatte, vielleicht ginge Uri dann ein wenig mit dem Preis herunter. Außerdem sollte ich unbedingt die Worte »Felix fünf« hinzufügen. Nichts weiter, nur »Felix fünf«. Uri wüßte Bescheid.

Er war, als ich kam, leider nicht zu Hause, aber sein kleiner Bruder versprach mir, ihn zu verständigen. Tatsächlich erschien Uri am nächsten Tag bei mir in der Redaktion, wo er keine langen Umschweife machte: Da ich mit seinem Freund Felix befreundet sei, würde er selbst keinen roten Heller für sich beanspruchen, und der Plattenspieler koste nur 4300 Pfund.

»Felix fünf«, sagte ich vereinbarungsgemäß. »Felix fünf.«

»Das braucht Sie nicht zu kümmern«, beruhigte mich Uri. »Das macht keinen Unterschied. Es bleibt bei 4800 Pfund.«

Damit übergab er mir einen verschlossenen Briefumschlag

für einen gewissen Friedländer in Jaffa und wünschte mir viel Glück.

Jetzt griff mit blinder Gewalt das Schicksal ein. Die Nagelfeile der besten Ehefrau von allen geriet am Abend zufällig in die Nähe des Briefumschlags, glitt unversehens unter den dürftig gummierten Rand und nötigte mich somit, den Inhalt des Briefs zur Kenntnis zu nehmen. Es waren nur wenige Zeilen, gerichtet von Uri an Friedländer.

»Überbringer ist ein Freund von Felix. Sucht einen Stereo-Plattenspieler. Felix verlangt 500 Pfund. Ich bekomme 300 und eine Draufgabe für meinen kleinen Bruder, der die Sache vermittelt hat.«

Ich verschloß den irrtümlich geöffneten Brief und trug ihn am folgenden Morgen zu Friedländer nach Jaffa.

»Einem Freund von Uri bin ich immer gern gefällig«, sagte Friedländer. »Der Plattenspieler, den ich für Sie im Auge habe, ist ein wahrer Fund. Ich werde sofort meine Braut anrufen. Ihr Mann kennt den Besitzer.«

Friedländer begab sich ins Nebenzimmer und versperrte die Tür, aber einige Gesprächsfetzen drangen doch an mein Ohr: »Hallo, Liebling... alten Plattenspieler auftreiben... Uri will 400... ich möchte 300 haben... also gut, 200... wir müssen auch Mama beteiligen... und natürlich deinen Mann... alles klar.«

Anschließend gab mir Friedländer die Telefonnummer des Gatten seiner Braut – der, wie sich zeigte, Platzanweiser in einem Kino in Beersheba war – und erklärte mir, daß der Preis des Apparats ein wenig gestiegen sei, Inflation und so, das müßte ich verstehen, und ihm persönlich bringe die Sache keinen roten Heller.

Nachts telefonierte ich mit Beersheba.

»Da Sie mit dem Bräutigam meiner Frau befreundet sind«, sagte der Platzanweiser, »bekommen Sie diesen hervorragenden Plattenspieler um 5 700 Pfund.«

Ich nahm einen raschen Überschlag vor: Felix – 500. Uri – 300. Kleinerer Bruder – 100. Friedländer – 200. Mama – 50. Braut – 250. Platzanweiser – 100. Rechnete man den Apparat hinzu, der ja auch etwas kostete, so ergab sich eine Gesamtsumme von 5500 Pfund, nicht 5700. Auf die Differenz aufmerksam gemacht, führte mein neuer Geschäftspartner die Anwaltskosten seiner Scheidung von Friedländers Braut ins Treffen und meinte, daß für einen fabrikneuen Stereo-Plattenspieler selbst 5700 Pfund ein lächerlich geringer Preis wäre.

Meine zurückhaltende Reaktion veranlaßte den Platzanweiser, am nächsten Tag eigens aus Beersheba herüberzukommen, um den Kontakt zwischen mir und dem in Tel Aviv wohnhaften Besitzer des Apparates persönlich herzustellen.

»Der Idiot hat keine Ahnung von den Preisen, die jetzt gezahlt werden«, informierte er mich unterwegs. »Lassen Sie mich unter vier Augen mit ihm reden, und der Fall ist erledigt.«

An dieser Stelle erwachte mein Geschäftssinn. Ich erklärte, daß auch ich eine kleine Beteiligung haben möchte.

»Aber Sie sind doch der Käufer?« wunderte sich der Mann aus Beersheba.

»Macht nichts«, beharrte ich. »Schlagen Sie zum Preis noch 325 Pfund dazu, und die geben Sie mir dann unterm Tisch. Wenn alle beteiligt sind, will auch ich beteiligt sein.«

Wir hatten die angegebene Adresse erreicht. Meine Frau öffnete die Tür und führte uns zu dem Apparat, den wir, vielleicht erinnert man sich noch, loswerden wollten.

»Ein wunderbares Gerät!« flüsterte mir der Platzanweiser zu. »Warten Sie, bis ich mit der Dame gesprochen habe.«

»Sie können auch mit mir sprechen«, sagte ich. »Der Apparat gehört mir.«

»Schön. Was wollen Sie haben?«

»4000 netto.«

Nach einer kurzen Pause, die er für seine Kopfrechnung brauchte, erklärte sich der Platzanweiser einverstanden: »In

Ordnung. Mit Freunden handle ich nicht. Ziehen Sie den Preis des Apparats, also 4000 Pfund, von der Gesamtsumme ab, zahlen sie mir 2025 Pfund, und ich gebe Ihnen Ihre 325 Pfund zurück.«

Das war eine faire Lösung. Außerdem halte ich nichts davon, ein Geschäft scheitern zu lassen, an dem so viele Leute, noch dazu lauter gute Freunde, beteiligt sind. Es gelang mir, noch 25 Pfund für mich herauszuholen. Dann besiegelten wir den Abschluß der Transaktion mit einem Umtrunk.

Inspektor Fischbaums sechster Sinn

Es gibt für jede Regierung zahlreiche Möglichkeiten, aus ihren Staatsbürgern potentielle Betrüger zu machen: etwa ständige Geldentwertung, die den Spargroschen des Bürgers auffrißt, oder astronomische Einkommenssteuern als Strafe für harte Arbeit und Talent. Im Arsenal der israelischen Regierung befindet sich eine weitere unfehlbare Waffe: die Devisenkontrolle. Dem israelischen Staatsbürger ist es streng untersagt, stabile ausländische Währungen zu besitzen, ob zu Hause, auf der Bank, im Inland, im Ausland, in der Hosentasche oder auf dem Mond. Als zwangsläufige Folge blüht der Schwarzmarkt für Devisen und die Steuerfahndung durch Hellseherei.

Blindes Walten des Schicksals führte zur Entdeckung der übernatürlichen Fähigkeiten, mit denen Inspektor Chananja Fischbaum von der Einkommenssteueramtskontrolle (ESTAK) ausgestattet war.

Es begann, als ein gewisser Freddy Misrachi, Landwirtschaftliche Maschinen en gros, die Summe von 413 Isr. Pfund und 6 Agoroth als Einkommen für das Steuerjahr 1975/76 angab und zur gleichen Zeit die linke Seite der Yarkonstraße, die mit den ungeraden Hausnummern, sowie zwei dressierte Delphine ankaufte.

Ein anonymer Hinweis setzte die ESTAK auf Misrachis Fährte. Sie begann Informationen über ihn zu sammeln, ließ durch landwirtschaftlich verkleidete Steuerfahnder seine Traktoren überprüfen, trat mit der Interpol in Verbindung, konsultierte einen Psychoanalytiker und fütterte ihren großen Computer mit den einlangenden Daten. Das Verfahren trug Früchte: Misrachi mußte einen Teil seiner Einkünfte verschwiegen haben.

*

Unter persönlicher Führung Inspektor Fischbaums stürmte eine Kommandoeinheit der ESTAK um 5.05 Uhr morgens die luxuriöse Wohnung des Verdächtigen, machte sich – fintenreich und vielerfahren – sofort über den Kleiderschrank her und förderte neben 20 000 Schweizer Franken in bar ein geheimes Kassabuch zutage, das einen monatlichen Reingewinn von I£ 40 000,- auswies.

Inspektor Fischbaums starrer Blick fixierte Misrachi und bohrte sich durch das offenstehende obere Knopfloch seines hellblauen Pyjamas:

»Also das sind Ihre 413 Pfund jährlich, wie?«

»Bitte«, flüsterte der schlotternde Steuerhinterzieher. »Bitte, ich war gerade dabei, die Sache in Ordnung zu bringen. Ich wäre noch heute zu Ihnen aufs Steueramt gekommen, um...«

»Was Sie nicht sagen«, unterbrach ihn Fischbaum sarkastisch. »Ich möchte wetten, daß Ihre sämtlichen Traktoren Sie nicht aufs Steueramt schleppen könnten, Herr Misrachi!«

»Ich habe keine Traktoren«, gab der noch immer Schlotternde mit schwacher Stimme zurück. »Und mein Name ist Bienstock.«

*

Wie sich erwies, hatte ESTAK die falsche Wohnung gestürmt, was jedoch Fischbaum in keiner Weise davon abhielt, Bienstocks sofortige Verhaftung anzuordnen. Dann erkundigte er sich nach der Wohnung des Traktorenhändlers.

Da Bienstock in Ohnmacht gefallen und somit zu einer Antwort nicht in der Lage war, läutete die Kommandoeinheit an der nächsten Wohnungstüre. Eine ältere Frauensperson öffnete.

»Entschuldigen Sie die Störung zu so früher Stunde«, begann Fischbaum. »Wir sind von der Steuerfahndung und wollten nur fragen, wo…«

Die Frau schrie gellend auf und stürzte ins Schlafzimmer:

»Sami! Sie sind hier! Rasch! Die Scheckbücher!«

Als die Wohnungsstürmer das Schlafzimmer erreichten, hatte Sami bereits das dritte ausländische Scheckbuch verschluckt; sie konnten gerade noch den Safeschlüssel sicherstellen, der in seiner Kehle steckte.

Samis DM-Depot fand sich in den Bänden »Fidschi bis Granit« und »Lachs bis Luchs« des Konversationslexikons. Seine Frau stand draußen und murmelte immer wieder: »Ich hab's gewußt, Sami, ich hab' dir gesagt, wir müssen irgend etwas deklarieren.« Ihre Lockenwickler enthielten eine beträchtliche Anzahl zusammengerollter Dollarscheine.

»Verhaften und zur Anzeige bringen«, befahl Fischbaum, ehe er hurtigen Fußes das nächste Stockwerk erklomm, wo er ohne größere Schwierigkeiten – war sie doch durch den Namen gekennzeichnet – Misrachis Wohnungstüre fand. Der Maschinengroßkaufmann versuchte sich der drohenden Verhaftung zu entziehen, indem er sich im Badezimmer erhängte, aber die ESTAK-Leute schnitten ihn rechtzeitig ab, entdeckten in der Tiefkühltruhe seine Bücher, ließen sie auftauen und stellten fest, daß sein jährlicher Reingewinn nicht, wie angegeben, I£ 413,06 betrug, sondern runde 12 Millionen. Außerdem stöberten sie unter einigen lockeren Fliesen in der Küche größere Mengen von angereichertem Uran auf.

Misrachi wurde verhaftet und seine Wohnung versiegelt. Die Schlüssel wollte Fischbaum dem Hausbesorger übergeben.

»Ich bin Inspektor Fischbaum von der ESTAK«, stellte er sich vor. »Hier sind – nein, um Himmels willen!«

Er hätte nicht so erschrecken müssen. Der Hausbesorger landete nach seinem Sprung aus dem Fenster in einem Blumenbeet und zog sich lediglich einen Knöchelbruch zu. Die 30 000 Hollandgulden, die er unter der Klosettbürste versteckt hatte, fielen den Häschern in die Hände. Um 7.30 Uhr kehrte die Kommandoeinheit in triumphalem Zug zu ihrer Ausgangsbasis zurück, im Schlepptau fünf verhaftete Steuerhinterzieher, einen übervollen Beutekorb und eine Menge neuer Daten, an denen der Computer reichlich zu kauen haben würde.

*

Damit begann die wunderbare Karriere des Inspektors Chananja Fischbaum.

Die Nachricht von seinem unheimlichen Talent für die Erfassung von Steuersündern verbreitete sich durch das ganze Finanzamt. Manche wollten es für einen bloßen Zufall halten, daß Fischbaum in einem einzigen Wohnhaus fünf Straffällige erwischt hatte, aber bald gab es keinen Zweifel mehr: Es handelte sich um ein übersinnliches Phänomen.

Man erinnere sich nur an den Fall der drei Doktoren Bluebottle.

Der Steuerinformant Nr. 181 302 hatte die ESTAK auf einen Dr. Bluebottle hingewiesen, ohne sie mit genaueren Angaben über ihn zu versorgen. Der Computer spuckte drei potentielle Steuerhinterzieher dieses Namens aus. Das Finanzamt raufte sich die Haare – bis jemand auf Fischbaum verfiel.

Man schrieb die Adresse der drei Bluebottles – eines Anwalts, eines Gynäkologen und eines Nationalökonomen – auf ein Papier, das man an Fischbaum gelangen ließ. Fischbaum starrte es eine Minute lang an, konzentrierte sich – und deutete auf den Arzt. Tatsächlich – Dr. med. Bluebottle verfügte über ein nicht deklariertes Einkommen von drei Millionen, eine Badewanne aus Platin und eine beträchtliche Anzahl von Goldbarren.

*

Fischbaum, der fortan den Kosenamen »Goldfinger« trug, ist noch bei Lebzeiten zu einer Legende geworden. Er braucht nur das Telefonbuch aufzuschlagen, versetzt sich in leichte Trance, läßt seinen Finger über die Seiten gleiten, und wenn er bei einem Namen innehält, kann man Gift darauf nehmen, daß die Kommandoeinheit der ESTAK vom Träger dieses Namens nicht mit leeren Händen zurückkehren wird. Fischbaum irrt sich nicht. Niemals. Selbst die Parapsychologen stehen verblüfft vor seinem sechsten Sinn. Seit neuestem kann er sogar auf geschriebene Angaben verzichten. Er sitzt nur mit geschlossenen Augen da, meditiert eine Weile und springt plötzlich auf:

»Herr so und so in Rechovot, diese und diese Straße, diese und diese Nummer, dritter Stock, erste Türe rechts!« Und es stimmt.

Unlängst geschah es sogar, daß er auf einen scheinbar harmlosen Spaziergänger deutete und rief: »Haltet ihn! Er ist ein Steuerhinterzieher!«

Der Mann brach zusammen und legte an Ort und Stelle ein Geständnis ab.

Fischbaums Vorgesetzte machen sich schwere Sorgen, wie sie den Wundermann an die ESTAK fesseln sollen. Sie fürchten, daß er sich eines Tages selbständig machen und eine Privatkanzlei eröffnen könnte. Sollte er aber seinen sechsten Sinn auch weiterhin zur Verfügung der Steuerbehörde halten, dann bestünde für ihn – und das fürchten sie erst recht – die Möglichkeit, wie jeder Steuerinformant 10 % der jeweils zustande gebrachten Summe zu beanspruchen. Auf diese Weise würde er binnen kurzem zum Millionär werden. Und dann müßten sie vielleicht einen zweiten Fischbaum auf ihn ansetzen.

Aber woher nehmen? Es gibt nur einen Fischbaum.

Platonische Liebe

Es folgt nunmehr meine eigene Version der »Love Story«, die ebenso ergreifend ist wie das Original. Sie zeigt, auf welche Weise die hehrsten Gefühle vernichtet werden können.

Mein Cousin saß da und starrte zur Decke. Seine Stimme klang träumerisch:

»Es war Liebe auf den ersten Blick. Ein Hauch von geistigem Adel schwebte um diese Frau, ein Leuchten wie von innerer Heiterkeit. Sie hatte mich nur ein einziges Mal aus ihren geheimnisvollen dunklen Augen angesehen – und ich war ihr verfallen. Ich folgte ihr wie in Trance. Sie liebte mich nicht.«

»Was du nicht sagst.«

»Sie fand, ich sei nicht genug empfindsam. Sie ist eine Dichterin. Wir trafen einander ein paarmal und sprachen über ihre Pläne. Das war alles. Sie hatte eine Art Leibwächter, einen Jugoslawen. Ich saß nächtelang auf der Treppe vor ihrer Wohnungstür und beneidete ihn. Wenn sie mich am Morgen um ein Päckchen Erdnüsse schickte, war ich der glücklichste Mensch auf Erden.«

»Was du nicht sagst.«

»Sie nahm kleine Geschenke von mir entgegen, manchmal auch etwas Bargeld, aber dadurch wurde ihre Leidenschaft nicht geweckt. Ich litt wie ein Hund. Eines Nachts hatte ich eine fürchterliche Vision: Ich sah den Jugoslawen, wie er ihr in der Badewanne den Rücken einseifte. Damals faßte ich den Entschluß, mich von dem allen zu befreien. Ich rannte die ganze Nacht durch die Straßen. Wohin, war mir gleichgültig. Nur weg von ihr. Am Morgen fand ich mich vor ihrer Türschwelle mit einem Päckchen Erdnüsse. Sie warf mich hinaus. Meine Freunde sahen mich zugrunde gehen und kamen mir zu Hilfe. Sie fesselten mich an einen Schaukelstuhl. Aber selbst dann erschien vor meinem geistigen Auge immer wieder ihr geheimnisvoll lockendes Lächeln. Ich schaukelte zum Telefon und wählte mit der Nase den Polizeinotruf. Die Polizei kam und band mich los. Ich ließ mich zu ihrer Wohnung führen, um ihr einen Heiratsantrag zu machen.«

»Was du nicht sagst.«

»Sie war nicht zu Hause. Wahrscheinlich ausgegangen, mit ihrem Leibwächter. Ich suchte einen Psychoanalytiker auf und sagte ihm alles. Er erklärte mir, daß ich als kleines Kind meine Mutter gehaßt hätte und mich jetzt dafür rächen wollte. Es wäre auch möglich, daß ich als kleines Kind meine Mutter geliebt hätte und daß ich jene Frau mit ihr identifiziere. Was immer davon zutraf – ich brach jedesmal in Tränen aus, wenn ich ihren Namen nannte. Der Analytiker brüllte mich an, daß ich mich nicht wie ein kleines Kind benehmen solle. Ich sprang von der Couch und ging zu ihr. Ich war entschlossen, ihr meinen gesamten Besitz zu vermachen.«

»Was du nicht sagst.«

»Sie war im Prinzip einverstanden und ließ mich zum erstenmal in ihre Wohnung ein. Eine kultivierte Wohnung, voll von kultivierter Atmosphäre. Wir lasen Lyrik. Als sie zu Bett ging, durfte ich die Kerze halten. Das Wachs tropfte auf meine Finger, und ich fühlte mich im Himmel. Dann kam der Jugoslawe. Er hatte die Türschlüssel. Sie schlossen mich in die Speisekammer ein. Ich begann zu trinken. Whisky, Rum, Sodawasser, Himbeersaft, alles, was ich dort fand. Aber es half nichts. Ich konnte nicht leben ohne sie, ohne ihre Stimme zu hören, ohne die vibrierende Ausstrahlung ihrer Persönlichkeit zu spüren. Ich bat sie, mich unter ihrem Bett schlafen zu lassen. Sie lehnte ab. Ich sprang aus dem Fenster.«

»Was du nicht sagst.«

»Ich hatte sterben wollen, aber ich brach mir nur das Bein. Drei Monate lag ich im Gipsverband und lernte Serbokroatisch. Alle zehn Minuten rief ich sie an, bis sie den Stecker herauszog. Ich verfiel immer mehr. Aus dem Spiegel glotzte mir das Wrack meines Schattens entgegen. Eines Tages ertrug ich es nicht länger, schwindelte mich im Pyjama aus dem Krankenhaus und schleppte mich zu ihr. Sie öffnete die Türe – und seither habe ich jedes Interesse an ihr verloren. Der Jugoslawe kann sie haben.«

»Was ist geschehen?«

»Sie ist dick geworden.«

Ich bin Zeuge

In den Korridoren unseres Gerichtswesens herrscht lebhafte Bewegung. Auch wer ein Kavaliersdelikt begangen hat, muß sich verantworten. Dabei tritt neuerdings eine aus Amerika stammende Abart der Rechtsprechung zutage, die darin besteht, daß Staatsanwalt und Kavalier nicht gegeneinander verhandeln, sondern miteinander. Und zwar verhandeln sie über einen Austausch von Vergehen, je nach dem Tageskurs auf der Gesetzbruchbörse und ungefähr nach dem Grundsatz: »Wenn ich mich in einem bestimmten Punkt schuldig erkläre, bin ich in einem anderen Punkt unschuldig.« Keine schlechte Idee. Versuchen wir's.

Es war kurz nach 23 Uhr, als ich von einer wilden Orgie nach Hause fuhr. Plötzlich tauchte dicht vor meiner Kühlerhaube ein Hund auf. Ich riß den Wagen nach links, geriet auf den Gehsteig und von dort in einen Obst- und Gemüseladen, schlitterte zwischen sorgfältig angeordneten Zitrusfrüchten und Tomaten hindurch bis an die Rückwand, die ich krachend durchbrach, und landete auf der anderen Seite in einer ruhigen Wohngegend. Ein Laternenpfahl brachte mich zum Stehen und schlug sodann der Länge nach hin.

Nach erstaunlich kurzer Zeit erschien ein Hüter des Gesetzes, zog sein Notizbuch hervor und begann in den Trümmern meines Wagens nach mir zu forschen. Er fand mich schließlich im weit aufgeklafften Kofferraum, einigermaßen verkrümmt zwischen dem Ersatzreifen und der gebrochenen Achse.

»Was ist los?« fragte er.

»Nichts Besonderes«, antwortete ich. »Ich versuche hier zu parken.«

»Keine dummen Witze, Herr! Sie sind vorschriftswidrig gefahren, und das wird Sie teuer zu stehen kommen.«

Ich befreite mich aus meinem ehemaligen Wagen und kroch auf den Vertreter der Staatsgewalt zu:

»Ein Grundsatz unserer Rechtsprechung lautet, daß man unschuldig ist, solange man keiner Schuld überführt wurde. Vergessen Sie das nicht!«

»Mir brauchen Sie nicht zu sagen, was ich nicht vergessen soll. Ich werde Sie jedenfalls zur Anzeige bringen.«

»Warum?«

»Weil ich deutlich gesehen habe, wie Sie aus dem Gemüseladen herausgekommen sind.«

»Das tun zahlreiche Hausfrauen jeden Tag.«

»Aber Sie sind vorher hineingefahren.«

»Und? Wozu habe ich einen Wagen? Andere gehen zu Fuß, ich fahre.«

Meine Logik schien ihn zu beeindrucken. Er kratzte sich am Hinterkopf. Dann nahm er wieder Haltung an:

»Außerdem parken Sie gerade jetzt auf dem Gehsteig, oder nicht?«

»Nur vorübergehend. Wollen Sie eine solche Kleinigkeit hochspielen?«

Der Ordnungshüter stieg verlegen von einem Fuß auf den anderen:

»Und der zertrümmerte Gemüseladen?«

»Wir wollen Gemüse und Gehsteig scharf auseinanderhalten. Nur nicht zuviel auf einmal. Dann würde ich unter Umständen zugeben, daß ich vorschriftswidrig gefahren bin.«

»Was soll das heißen?«

Ich faßte ihn unterm Arm und begann mit ihm friedlich auf und ab zu gehen:

»Hören Sie zu, mein Freund. Wir beide können nur gewinnen, wenn wir zusammenarbeiten. Das verkürzt den Prozeß, und Sie müssen nicht immer wieder vor Gericht erscheinen, um sich von gerissenen Rechtsanwälten ins Kreuzverhör nehmen zu lassen. Seien Sie vernünftig. Sie ersparen sich damit eine Menge Unannehmlichkeiten.«

»Außerdem sind Sie mit achtzig Stundenkilometern gefahren.«

»Warum nicht sechzig? Auch damit habe ich die zulässige Höchstgeschwindigkeit überschritten, und es klingt besser.«

»Und Sie haben einen Hund getötet.«

»Eine Katze.«

Die Untersuchung war an einem toten Punkt angelangt. Nochmals erklärte ich meine Bereitschaft, mich in einigen Punkten schuldig zu bekennen, wenn die Anklage einige andere Punkte fallen ließe:

»Lassen wir den Laden beiseite«, schlug ich vor, »und nehmen wir statt dessen den Laternenpfahl.«

»Unmöglich.«

»Gut, nehmen wir beide. Aber mit vertauschtem Schaden.«

»Ich verstehe nicht.«

»Schreiben Sie, daß ich in den Laternenpfahl hineingefahren bin und den Gemüseladen geknickt habe.«

»Der Laternenpfahl ist nicht geknickt, Herr. Sie haben ihn umgelegt.«

»Hm. Warten Sie. Mir fällt etwas ein.« Aufs neue trat ich mit meinem Partner einen vertraulichen kleinen Spaziergang an.

»Voriges Jahr habe ich einen Fernsehapparat durch den Zoll geschmuggelt, ohne erwischt zu werden. Ich bin bereit, den Schmuggel nachträglich zu gestehen, wenn Sie dafür den Laternenpfahl weglassen.«

»Ganz so wird's nicht gehen. Ich muß ihn zumindest erwähnen. Sagen wir: Sie haben ihn gestreift.«

»In diesem Fall würde ich nur einen Transistor geschmuggelt haben.«

»Der Beschuldigte hat ein Rundfunkgerät ohne Einfuhrbewilligung importiert«, notierte der Ordnungshüter. »Und was machen wir mit dem vorschriftswidrigen Fahren?« fragte er.

Ich schlug als Ersatz einen Kinderwagen vor, den ich im Frühjahr bei einem Parkmanöver beschädigt hatte. Der öffentliche Ankläger war einverstanden, vervollständigte das Protokoll durch einige neutrale technische Daten und hielt es mir hin:

»Hier, bitte. Unterschreiben Sie auf der punktierten Linie.«

Schon wollte ich den Kugelschreiber ansetzen, als mir ein neuer Gedanke kam:

»Einen Augenblick. Haben Sie Zeugen?«

Das Auge des Gesetzes glotzte:

»Nein... eigentlich nicht... es war ja kein Mensch auf der Straße...«

»Abgesehen von mir«, sagte ich. »Und das bedeutet, daß Sie auf mich angewiesen sind. Ich bin Ihr einziger Zeuge. Wenn ich die Anklage nicht unterstütze, bricht sie zusammen. Das sollten Sie bei Ihrer Aussage bedenken!«

»Ja, schon gut«, stöhnte das Amtsorgan. »Lassen Sie uns zu Ende kommen, ich bitte Sie!«

Der Morgen dämmerte. Ich unterschrieb das Protokoll als Staatszeuge in Sachen Rundfunkgerät und Kinderwagen, verabschiedete mich von meinem uniformierten Freund mit einem kräftigen Handschlag und ging nach Hause.

Die beste Ehefrau von allen empfing mich ein wenig ungehalten. Warum ich so spät nach Hause käme? Was denn geschehen sei?

Ich bedauerte, in ein schwebendes Verfahren nicht eingreifen zu dürfen, und verweigerte die Aussage.

Rom sehen...

Ich brauche dringend Urlaub, sagte ich mir an jenem unglückseligen Tag. Urlaub und Ruhe. Mindestens eine Woche. Ich kann dieses lähmende Tel Aviv mit seiner Hitze und seinem brodelnden Betrieb nicht länger ertragen. Nur rasch hinaus aus der Levante, hinaus in die schöne weite Welt. Ich suchte ein bestrenommiertes Reisebüro auf, buchte ein Hotelzimmer in Rom und nahm das nächste Flugzeug. Rom, ewige Stadt, Stadt des ewigen Friedens! Welch grandiose Atmosphäre liegt dort in der Luft. Anderswo kann sie ja gar nicht liegen. Das macht wahrscheinlich die Nähe des Papstes. Warum soll nicht auch ich etwas davon abbekommen? Auf nach Rom!

Es war ein herrlicher Flug. Als wir uns dem europäischen Festland näherten, schienen sogar die Motoren ihr Geräusch zu dämpfen, klangen weniger dröhnend, weniger hektisch. Und nach der Landung, nach der vorbildlich glatten, sanften Landung spürte ich ganz deutlich, wie die Nervosität, welche ein Merkmal unseres Stammes ist, von mir abfiel. Fröhlich pfeifend machte ich mich auf die Suche nach meinem Koffer, ungeachtet der brütenden Hitze und der nicht vorhandenen Wegweiser, die den armen kleinen Reisenden vielleicht zur Gepäckausgabe geleitet hätten. Ich fragte den eindrucksvollen Uniformträger, der meinen Reisepaß inspizierte, nach dem bestmöglichen Weg und bekam gleich mehrere Verdi-Arien zu hören: »Ritorna vincitor«, klang's mir entgegen. »E dal mio labro uscii l'empi parola!«

»Sorry«, sagte ich in fließendem Englisch. »No Italian. Non parlamo Italiano. Lo Italkit. Garnix.«

»Va bene«, antwortete der Generalmajor. »Gloria mundi.« Oder so ähnlich.

*

Infolgedessen wandte ich mich – einem allgemeinen italienischen Trend folgend – nach links und geriet nach einigen Umwegen tatsächlich in die Gepäckhalle. Auf zwölf oval angelegten Fließbändern tauchten Prozessionen von Koffern aus dem Nichts empor, machten gravitätisch die Runde und verschwanden wieder. Leider war nirgends ein Zeichen zu sehen, welche Prozession zu welchem Flugzeug gehörte. Zahllose Touristen, aus allen Teilen der Welt zur Erholung und Entspannung ins wunderschöne Italien gereist, rannten wie die Irren hin und her, um nach ihren Koffern Ausschau zu halten, die ihrerseits in einem unerschütterlichen Reigen auf ovalem Fließband an ihnen vorbeizogen.

In der Nähe standen ein paar italienische Flughafenbeamte und unterhielten sich lebhaft über die Ereignisse des Tages. Ich trat an sie heran: »El Al«, sagte ich. »Israel. Wo ist mein Koffer? El Al.«

Sie gaben mir durch Gebärdensprache zu verstehen, daß sie mich nicht verstanden, und diskutierten weiter.

Die Hitze war mittlerweile ein wenig angestiegen und hielt auf dem am Toten Meer üblichen Durchschnitt. Einige meiner Fluggefährten hatten sich ihrer Röcke und Hemden entledigt und sausten mit nacktem Oberkörper die Fließbänder entlang, von eins bis zwölf. Eine ältere, vermutlich vom Hitzschlag getroffene Dame setzte sich zwischen zwei langsam dahinfließende Gepäckstücke und verschwand im Nichts. Niemand hielt sie auf.

Was mich betrifft, so entdeckte ich plötzlich in einer entlegenen Ecke der Halle meinen Koffer. Die Gurte waren abgerissen, aber das Schloß hatte die Prüfung bestanden. Ich sah mich nach einem der neuerdings so beliebten Schiebewägelchen um, aber es gab keines. Es gab auch keinen Träger. Wahrscheinlich hatten sie alle das zweifellos nahegelegene Buffet aufgesucht und labten sich an einem kalten Bier.

Da man mich vor der Witterung in Europa gewarnt und mir dringend geraten hatte, warme Überkleider und Galoschen mitzunehmen, war mein Koffer sehr schwer. Es gelang mir trotzdem, ihn aus dem Gebäude hinauszuzerren.

Draußen – ich sah es mit schweißgebadeter Erleichterung – standen viele Taxis, allerdings ohne Fahrer, aber dafür mit einer schier unabsehbaren Schlange wartender Touristen. Ich stellte mich am Ende an und wartete geduldig etwa eine Stunde. Dann begann in mir der Verdacht aufzukeimen, daß da irgend etwas nicht stimmte, denn in der ganzen Zeit war kein einziges Taxi abgefahren.

Mein Blick fiel auf eine Gruppe unverkennbarer Römer, die sich ein wenig abseits zusammengerottet hatten und friedlich rauchten.

»Warum no Taxi?« fragte ich sie. »Ich Tourist. Mio Turisto. Will Taxi.«

Zu meiner Freude verstanden sie mein Italienisch, weshalb sie englisch antworteten:

»Streik. Fahrer, Chauffeure, Taxilenker – tutti streiken.«

Auch ich bediente mich daraufhin der englischen Sprache, und zwar in zornigem Tonfall:

»Warum lassen Sie dann alle diese Leute warten? Warum sagen Sie ihnen nicht, daß gestreikt wird?«

»Vincitor del padre mio«, lautete die abweisende Antwort. »Sacro fundamente.«

So sehr ich italienische Opern liebe – auf Flughäfen habe ich nichts für sie übrig. Ich schleppte meinen Koffer keuchend zum nächsten Bus und erkundigte mich bei den Glücklichen, die drinnen saßen, wohin die Fahrt ginge. Sie wußten es nicht. Wie sich zeigte, hatten sie den Bus nur um der freien Sitzgelegenheiten willen bestiegen. Ich wandte mich an den Fahrer:

»Mio Turisto. Mio Hotel. Autobus – Hotel?«

Der Mann glotzte mich an und zuckte die Achseln. Ganz offenkundig hatte er keine Ahnung, was ich von ihm wollte, und das war ihm nicht übelzunehmen. Er sieht einen eben angekommenen Fluggast mit einem Koffer in der Hand und hört die Worte »Autobus« und »Hotel« – wie soll er erraten, was damit gemeint ist?

Ich stieß mehrere ungarische Flüche aus. Das brachte ihn auf den Gedanken, daß ich ein Fremder sein könnte. Er deutete auf einen Kiosk im Innern der Halle, der die Aufschrift HOTEL SERVICE trug und von einer verzweifelten Menschenmenge umlagert war. Im Innern des Verschlags befand sich niemand. Ich fragte eine sichtlich verschlafene Dame, wie lange sie schon hier wartete. Seit den frühen Morgenstunden, sagte sie und hielt sich nur mühsam aufrecht. Um sie zu beleben, zog ich sie in ein Gespräch über Aufstieg und Fall des Römischen Imperiums. Wir kamen zu dem Ergebnis, daß der Fall keine Überraschung wäre.

Dann machte sich bei mir eine Regung geltend, die ich als Hunger agnoszierte. Nun ist es für einen Mann mit einem siebzig Pfund schweren Koffer in der Hand gar nicht einfach, auf Nahrungssuche zu gehen. Deshalb zog ich es vor, mich unter dem Ansatz eines mondän angelegten Treppenaufgangs zu verkriechen und in dieser gemütlichen Nische den nächsten Regierungswechsel abzuwarten.

*

Und dann geschah das Wunder. Ein bildhübscher Jüngling kam auf mich zu, klopfte mir zart auf die Schulter und fragte:

»Hotel? Du Hotel?«

Es war das erste Mal im Leben, daß ich einen Engel vor mir sah.

»Ja«, seufzte ich. »Ich Hotel. Ja Hotel. Si Hotel.«

Der Engel hielt mir seine sämtlichen Finger unter die Nase, insgesamt ihrer zwölf.

»Zwölftausend«, sagte er. »Zwölftausend Lire. Duodeci mille. Du verstehen?«

Ich verstand. Ich hätte ihn in diesem Augenblick auch als Universalerben eingesetzt.

Wir verließen die Halle und bestiegen das Auto des Engels, Baujahr 1946, aber für mich sah es aus wie Jupiters Sonnenwagen. Unterwegs plauderten wir miteinander, so gut es ging, etwa indem ich ihn fragte, wie weit es zum Hotel wäre, und indem er antwortete: zwölftausend.

Endlich erreichten wir Rom, die ewige Stadt. Ein beglückender Anblick, doppelt beglückend nach allem, was ich durchlitten hatte. Diese Statuen! Diese Piazzas! Diese Pizzas! Und dazu der wunderbare Lärm, die wogenden Menschenmassen, die Hitze, die bröckelnden Ruinen! Wir kamen am Colosseum vorbei, wo Nero die christlichen Touristen zerfleischen ließ. Wie alt es sei, fragte ich. Fünfzehntausend, sagte der Engel, und das klärte sich bald genug auf: Vor dem Hotel angelangt, schnappte er meinen Koffer, trug ihn zum Empfang und gab mir bekannt, daß er 12 000 Lire für die Fahrt bekäme und 3000 fürs Koffertragen. Meinen Hinweis, daß ich ihm diese Leistung nicht abverlangt hätte, beantwortete er mit einer längeren Opernarie. Wir einigten uns auf 14 000 Lire und schieden als Freunde.

Der Empfangschef wußte nichts von einer Buchung, hatte meinen Namen noch nie gehört und hatte kein Zimmer, nein, leider, bedaure, wir sind überfüllt. Ich verlangte sofort mit meinem Reisebüro in Israel zu sprechen.

Bitte, hier in die Telefonzelle.

Danke.

Zu meiner freudigen Überraschung sprach das Telefonfräulein, mit dem ich's zu tun bekam, außer Italienisch auch noch Deutsch.

Ich fragte sie, wie lange die Verbindung nach Tel Aviv dauern würde.

Das wisse sie nicht, sagte sie. Je nachdem. Hängt davon ab.

Immerhin, beharrte ich. Fünf Minuten? Sechs Stunden? Zwei Tage?

Das wisse sie nicht.

Aber sie müsse doch wissen, wie lange es im allgemeinen dauert?

Das wisse sie nicht.

Ob es vielleicht jemanden gebe, der es weiß?

Das wisse sie nicht.

Was ich jetzt also tun sollte?

Das wisse sie nicht.

Aber sie wußte es wenigstens auf deutsch nicht.

*

Die Woche in der Telefonzelle verging erstaunlich rasch, und die Verpflegung war erstaunlich gut.

Am Donnerstag, kurz nach dem Frühstück, bekam ich die gewünschte Verbindung.

»Nu?« hörte ich Schmuels Stimme aus Tel Aviv. »Was willst du?«

»Nach Hause«, stöhnte ich. »Zurück in das schönste, fortschrittlichste, bestfunktionierende Land der Welt.«

Die israelische Regierung sollte Massenreisen nach Italien finanzieren. Es würde die Moral unserer Bevölkerung heben.

Tagungen müssen sein

Der Einwandererstrom nach Israel strömt nicht mehr so wie früher. Er ist ein Bach geworden, und in unsicheren Zeiten reduziert er sich zu einem Rinnsal. Trotzdem wäre es ein Irrtum, nun etwa anzunehmen, daß im Hafen von Tel Aviv oder Haifa und auf dem Flugplatz Lod kein Verkehr herrscht. Er herrscht sehr wohl. Allerdings wird er in der Hauptsache weder von Einwanderern noch von Touristen bestritten, sondern von Organisationen und Körperschaften, die sich längst zu einem allseits geschätzten Bestandteil der israelischen Landschaft entwickelt haben.

Unseren Tageszeitungen, die über die wichtigsten Ereignisse in Israel immer auf dem laufenden sind, wenn auch langsam, ist neuerdings zu entnehmen, daß die Bürgermeister zweier führender Städte miteinander in harter Fehde liegen: Teddy Kollek, das weltliche Oberhaupt Jerusalems, will seiner Metropole das alleinige Veranstaltungsrecht für internationale Kongresse sichern – ein Begehren, dem sein Widerpart Lahat in Tel Aviv den stolzen Ausspruch entgegensetzt: »Jerusalem hat vielleicht den besseren Ruf, aber wir haben die größeren Schulden.«

Damit will gesagt sein, daß an jedem Kongreß, der seinen Namen verdient, auch die als Gastgeber fungierende Stadtverwaltung zu verdienen pflegt. Deshalb lautet das Stoßgebet des durchschnittlichen Bürgermeisters: »Herr des Himmels und der Erde, unsere tägliche Tagung gib uns heute oder spätestens morgen!«

Und der Herr in seiner grenzenlosen Huld und Güte erhebt seine Stimme und spricht zu den Orthopäden der Welt wie folgt: »Machet euch auf und versammelt euch in Natania im Lande Israel, und verweilet dort sechs Tage, und tuet nichts.« Und die Heilkundigen für die Schäden unserer Bewegungsorgane strömen nach Natania und sonnen sich am Meeresstrand und wiegen sich auf den Wogen und geben viel Geld aus, welches sie in vielen fremden Währungen mit sich bringen.

Früher einmal verbuchte man dieses Phänomen unter dem Kennwort »Völkerwanderung«. Heute spricht man von internationalen oder auch Welt-Kongressen. Einmal im Jahr – zumeist im Frühling, wenn die Vorbereitungszeit für die Sommerferien anbricht – verspüren sämtliche Uro-, Grapho-, Meteoro- und Dermatologen der Welt den unwiderstehlichen Zwang, irgendwo für eine Woche zusammenzukommen und, wie es im Hippie-Jargon heißt, ein Faß aufzumachen. Die Kosten werden entweder von einer einschlägigen Körperschaft oder einer Regierungsstelle getragen, also in jedem Falle von dir, lieber Leser und Steuerzahler.

Die Zahl der Teilnehmer an solchen Veranstaltungen ist immer sehr groß. Gewiß, die Delegierten zum Internationalen Kaninchenzüchtertreffen in Belfast können auf Kaninchenzüchter und ihre Verwandten beschränkt werden, aber unter einem Titel wie »XVIII. Weltkongreß für Gedankenfreiheit« ist die Teilnahme praktisch unbegrenzt und erfordert keine sachliche Schulung, steht also auch Politikern offen. Das geheime Kongreß-Komitee unseres Parlaments ist ungemein fruchtbar in der Erfindung zugkräftiger Veranstaltungstitel: »Konferenz zur Regelung sachlicher Eingaben«, »Seminar über die Ursachen ökonomischer Stabilitätsschwankungen« und dergleichen mehr. Erfahrungsgemäß empfiehlt es sich, dem zu beratenden Thema eine Prise Sozialismus beizumengen. Das garantiert einen Massenbesuch mit abschließendem Wochenendausflug nach Monte Carlo, wo im Casino die »Internationale« gesungen werden kann.

Ursprung der meisten internationalen Treffen ist ein Loch im Budget der Stadtverwaltung. In diesem Loch setzen sich die Stadtväter zusammen und beraten, wie der zu veranstaltende Kongreß heißen soll. Fünfte Welthomöopathentagung? Symposion der Violinschlüsselverbraucher? Nachdem sie einen attraktiven Namen gefunden haben, verschicken sie die Einladungen, reservieren in einem Hotel der Luxusklasse – auf deine Kosten, lieber Leser – ganze Stockwerke für die Delegierten und bereiten kleine Kennkarten vor, die auf dem Rockaufschlag zu tragen sind und aus denen hervorgeht, daß man Herrn Frederico Garcia Goldberg (Honduras) vor sich hat.

Der erste Punkt auf jeder Tagesordnung ist ein Galadiner, bestehend aus mehreren Gängen abgedroschener Phrasen, die in der Begrüßungsansprache eines halbwegs fachkundigen Ministers gipfeln. Währenddessen unterhalten sich die Routiniers an der Tafel über den Dollarkurs auf dem schwarzen Markt, über die lokalen Einkaufsmöglichkeiten und über das städtische Nachtleben. Der Minister wird gut tun, seine Rede vor Beginn der Speisenfolge zu halten, nicht etwa nachher, sonst hat er keine Zuhörer.

Selbstverständlich müssen an einem internationalen Kongreß auch einheimische Vertreter teilnehmen. Das wird vom Organisationskomitee auf ungefähr folgende Art geregelt:

»Zugesagt haben bisher der Präsident und die First Lady«, gibt der Sekretär bekannt. »Außerdem kommt der Innenminister und der Parlamentsvorsitzende mit Gattin. Das ist alles, und es ist nicht genug. Wir sollten, damit die Sache nach etwas aussieht, noch den Chef des Generalstabes einladen. Auch die Führer der Oppositionsparteien und die beiden Oberrabbiner. Und natürlich die Jewish Agency, die zionistischen Frauenvereine und sämtliche Wohltätigkeitsorganisationen. Die Reporter können auf den Fensterbänken sitzen, ferner der Makkabi-Weltverband, die übrigen Sportverbände, die Krankenkassen, die Helena-Rubinstein-Filialen und Dr. Zweigental, der mein Cousin ist.«

»Ihr Cousin ist gestrichen«, sagt der Vorsitzende. »Wir veranstalten einen Kongreß und kein Picknick.«

Eingeladen wird schließlich das ganze Land mit Ausnahme Dr. Zweigentals.

Das eigentliche Gefahrenmoment internationaler Kongresse liegt im Diskussionsthema. Am dritten oder vierten Tag des organisierten Nichtstuns regt sich allenthalben das dumpfe Gefühl, daß man über die Frage, zu deren Behandlung der Kongreß einberufen wurde, denn doch ein wenig sprechen müsse, worauf der norwegische Delegierte, ein hochangesehener Gelehrter, einen dreistündigen Vortrag über die »Einflüsse der Semantik auf die Wirtschaftsplanung der Entwicklungsländer« hält, und zwar in seiner Muttersprache. Es ist sehr bitter.

Ich, zum Beispiel, bewahre eine peinliche Erinnerung an den »IX. Weltkongreß zur Wahrung der Menschenrechte« in Berlin. Dort bin ich mit lautem Plumps von meinem Sitz zu Boden gerutscht. Man hatte mich eingeladen, weil die jüdische Gemeinde, die auf einem gleichzeitig stattfindenden Wohltätigkeitsbasar meine Bücher mit dem Autogramm des Autors zum Verkauf anbot, einen Teil der Flugkosten übernahm, und da konnte ich nicht nein sagen. Beim Bankett und auf den verschiedenen Empfängen stand ich meinen Mann, aber im Verlauf der Kongreßdebatten rezitierte ein senegalesischer Dichter eigene Freiheitslieder durch die Nase, und dem war ich nicht gewachsen.

Dessenungeachtet wohnte ich den weiteren Sitzungen bei, ich mußte ja irgendwo essen, und fand mich auch beim Abschlußempfang ein, wo ich dem Vorsitzenden des Kongresses kräftig die Hand schüttelte. Seine Frage an den neben ihm stehenden Dolmetscher: »Wer ist das?« beantwortete ich dahingehend, daß ich der Geist des gequälten jüdischen Volkes sei.

Der Vorsitzende nickte freundlich und meinte, auch er hätte auf dieser Tagung viel gelitten. Kongresse sind, im großen und ganzen, eine gute Sache. Sie sind gut für die Gäste wie für die Veranstalter, sie sind gut für die Hotels und Restaurants der gastgebenden Stadt, für die Devisenhändler und die Massagesalons. Weniger gut sind sie für den Steuerzahler, aber der ist ohnehin in der Minorität. Die Majorität ist beim Kongreß.

Fernsehen hat Vorrang

Seit der erste Höhlenmensch über den Fuß des zweiten gestolpert und hingeplumpst ist, gehören Verkehrsunfälle zu den reizvollsten Unterbrechungen unseres langweiligen Daseins. Anders ließe sich ja auch die Beliebtheit der Autorennen nicht erklären. Der hochentwickelte Konsumkulturmensch, zumal wenn er in Rudeln auftritt, ist jedoch nicht auf Autorennen angewiesen und nicht einmal auf richtige Verkehrsunfälle. Die Menge veranstaltet alles, was sie braucht, in eigener Regie. Und mit tatkräftiger Unterstützung durch das Fernsehen.

Es war ein klassischer Verkehrsunfall. Ich habe alles beobachtet. Ein Pkw streifte eine ältliche, mit dem Überqueren der Straße beschäftigte Fußgängerin, geriet ins Schleudern und fuhr auf einen geparkten Lieferwagen auf, tatsächlich auf, ungefähr bis zur Hälfte der Ladefläche. Es war, rein geometrisch betrachtet, ein merkwürdiger Anblick. Der Pkw-Fahrer verharrte auf seinem Sitz, ließ den Kopf aus dem Fenster und die Zunge aus dem Mund hängen und schien sich nicht besonders wohl zu fühlen.

Die Zweiwagenpyramide lockte alsbald eine größere Menschenmenge an, die – wie immer in solchen Fällen – nichts Vernünftiges zu tun wußte. Nur ein junger Mann behielt den Kopf oben und eilte zur nächsten Telefonzelle. Nach einer Minute kam er zurück:

»Ich habe sie verständigt«, berichtete er. »Sie fahren sofort los. Der Kameramann sagt, daß man nichts anrühren soll.«

»Es ist zu spät«, bemerkte ein Zuschauer. »In die Abendnachrichten kommt's nicht mehr. Bevor sie den Film entwickeln und schneiden und was es da sonst noch zu tun gibt – das schaffen sie nie.«

»Doch, sie schaffen es«, widersprach ein anderer.

In aller Augen leuchtete die Fernseh-Gier, in aller Ohren klang schon jetzt die Stimme des Ansagers: »Unser Reporter befragte an der Unfallstelle einige Augenzeugen.« Vielleicht kommt ein ganzes Team mit drei oder vier Kameras. Vielleicht werden die Aufnahmen für die neue Erziehungsserie des Verkehrsministeriums verwendet: »Die Schrecken der Straße und was man dagegen tun kann.« Dann würden sie mehrmals hintereinander gesendet werden. Dann kommen wir mehrmals hintereinander auf den Bildschirm.

Der Pkw-Fahrer oben auf der Pyramide begann zu stöhnen. Das hat uns gerade noch gefehlt: daß er zu Bewußtsein kommt und die Aufnahme schmeißt! Auch auf den Polizisten mit seinem ewigen »Bitte zurücktreten!« könnte man verzichten. Hämische Zurufe schwirrten ihm entgegen:

»He, Lieutenant Kojak... Hältst du dich für die Straßen von San Francisco... Du möchtest wohl allein die ganze Show bestreiten, was...«

Jemand schlug vor, den Pkw noch ein wenig höher zu schieben, damit es richtig sensationell aussähe.

»Lassen Sie nur«, sagte ich. »So, wie er jetzt liegt, ist es gut genug.«

Damit stand für die Menge fest, daß ich ein Mann vom Fernsehen wäre. Einige erinnerten sich, mich in der Sendereihe »So ist das Leben« gesehen zu haben und umringten mich aufgeregt: »Euer Popsong-Programm ist miserabel«, beschwerte sich einer.

»Warum engagiert ihr keine italienischen Sänger? Sie sind die besten.«

Die ältliche Dame, die den Unfall verursacht hatte – ihr selbst war weiter nichts geschehen –, fand es unschön von mir, daß der verbilligte Seniorentarif abgeschafft worden sei. Das hätte ich nicht tun dürfen, meinte sie. Ein Pensionist zupfte mich am Ärmel: Auf seinem Bildschirm erschienen immer wieder diese gewissen Wellenlinien, und ich sollte das endlich reparieren. Im ganzen schien die Ansammlung mit meiner Regie des Vorfalls nicht recht zufrieden zu sein, aber niemand sprach es deutlich aus, weil alle ins Bild kommen wollten.

Der Fahrer oben stöhnte schon wieder.

Plötzlich erklang eine freudige Stimme: »Sie kommen!«

»Keine Spur!« entgegnete die Menge. »Das ist nur die Ambulanz.«

Es war ein schlimmer Augenblick. Was, wenn die Sanitäter den Verletzten abtransportierten? Wo bleiben dann die Aufnahmen?

»Tragen Sie ihn noch nicht weg!« baten die Umstehenden. »Nicht bevor die anderen kommen! Bitte!«

Das Ambulanzteam erkannte die Stichhaltigkeit dieses Ansuchens und übte Zurückhaltung. Nur der Sanitäter, der die Tragbahre bereithielt, warf einen besorgten Blick zu dem eingeklemmten Fahrer hinauf: »Vielleicht braucht er eine Bluttransfusion oder sonst etwas?«

»Nein, nein«, beruhigte man ihn. »Der nicht. Eben hat er sich wieder bewegt. Und außerdem will er ja ins Bild kommen.«

Ein paar Halbwüchsige kletterten auf Laternenpfähle, um im geeigneten Augenblick in die Kamera grinsen und winken zu können.

»Wasser«, hörte man den Fahrer abermals stöhnen. »Wasser…«

»Du kriegst einen ganzen Eimer voll!« wurde ihm zugerufen. »Aber jetzt halt still!«

Ein Taxi bog um die Ecke, hielt an und entließ einen schläfrigen Gesellen mit einer Kamera, gefolgt von einem Minderjährigen mit einem Mikrophon.

Die Menge verstummte ehrfürchtig. Für die meisten war es das erste Mal, daß sie der Erfindung Fernsehen sozusagen in Fleisch und Blut begegneten. Ein alter Mann murmelte einen Segensspruch.

»Was ist los?« fragte der Kameramann.

Die beinahe überfahrene Fußgängerin bezog Posten: »Er hat mich beinahe überfahren!« rief sie mit schriller Altweiberstimme. »Beinahe überfahren hat er mich!«

Ein Samurai-Typ in einem japanischen Sporthemd stieß sie beiseite:

»Ich hab's genau gesehen! Diese kleine Wanze kam in rasendem Tempo herangesaust...«

Ringsum ertönten Protestrufe:

»Der Kerl war ja gar nicht dabei... Er ist später gekommen als die Ambulanz... Und jetzt stiehlt er uns die Show... Unerhört...«

Auch ich war angeekelt. Warum haben sie nicht mich gefragt?

»Ich selbst bin ein routinierter Fahrer«, sagte der Samurai gerade in die emsig surrende Kamera. »Fuhr einen Ferrari.

Habe an Autorennen teilgenommen. Aber dann hat meine Schwester diesen Verbrecher geheiratet, und da hat mein Vater gesagt: Schluß mit den Autorennen. Na ja, und wie dann die Scheidung kam, war ja vorauszusehen, nicht wahr, da hat's also bei mir mit dem Training Schwierigkeiten gegeben, man wird ja nicht jünger...«

Inzwischen hatte ich mich an die Kamera herangearbeitet und wäre gut ins Bild gekommen, wenn mich die fast Überfahrene nicht weggezerrt hätte.

»Er hat *mich* überfahren!« kreischte sie wütend. »Mich, nicht Sie!«

Die alte Hexe war mir in der Seele zuwider. Jetzt begann sie sogar zu heulen, nur um die Kamera auf sich zu ziehen. Ich, der ich bekanntlich in der Sendung »So ist das Leben« mitgewirkt habe, werde schnöde übergangen, weil sich eine uninteressante Vettel ohne die geringste Kameraerfahrung vordrängt. Man sollte gar nicht glauben, wozu Leute imstande sind, um ins Bild zu kommen.

Kurz entschlossen boxte ich die alte Hexe in die Hüfte, schob mich auf den vor ihr usurpierten Platz und deutete auf mich:

»Hallo, Kinder!« stieß ich in großer Hast hervor. »Hier ist Papi! Er war dabei!«

Ein Wißbegieriger nahm die Gelegenheit wahr und richtete ausgerechnet an mich die Frage, ob es sich hier um Video oder um Stereo handelt, der Idiot. Das nützte wiederum der Samurai aus, um die Lebensgeschichte seiner Schwester zu beenden. Kein Wunder, daß der Kameramann es vorzog, die Wagenpyramide zu erklimmen und sein Gerät auf den Fahrer zu richten.

Als der Fahrer das sah, öffnete er die blutleeren Lippen und flüsterte:

»Um Himmels willen… nicht das Profil… bitte von vorne…«

Der Inhaber eines nahegelegenen Ladens drängte sich mit einem Glas Wasser durch die Reihen der Gaffer: »Ich bringe Wasser für den Verunglückten!« rief er mit breitem Lächeln in die Kamera. »Trinken Sie, alter Junge! Es wird Ihnen guttun!«

Jetzt war der große Augenblick des Verunglückten gekommen:

»Soll ich hinunterkriechen?« fragte er den Kameramann. »Geben Sie mir ein Handzeichen, wenn's soweit ist!«

Die Sanitäter mit der Tragbahre traten in Aktion.

Beim drittenmal klappte es. Die Show war zu Ende.

Erwartungsvoll ging ich nach Hause.

Punkt 21 Uhr versammelte sich die Familie um den Fernsehschirm, um Papi in den Abendnachrichten zu sehen. Der Sprecher vertrödelte kostbare Minuten mit allerlei politischem Firlefanz, aber dann war endlich mein Unfall dran. Achtung, jetzt –!

»Wo bist du, Papi?« fragte unsere Jüngste. »Man sieht dich ja gar nicht!«

Tatsächlich. Diese Halunken hatten fast den ganzen Samurai im Bild gelassen, dazu etwas Hexe und die Ambulanz. Mich hatten sie geschnitten. Statt dessen trat irgendein offizieller Phrasendrescher vor die Kamera und sprach über Verkehrssicherheit und dergleichen überflüssiges Zeug.

Die können lange warten, bevor ich wieder an einem ihrer Unfälle mitwirke!

Die abschließenden fünf Geschichten konnten aus technischen Gründen nicht mehr von Friedrich Torberg übertragen werden und wurden daher Axel Benning zur Übersetzung anvertraut.

Der Abend des langen Messers

Die höchst delikate Situation unseres Miniaturstaates verlangt es nun einmal, daß wir unseren lieben Kleinen bereits von der Wiege an ein militärähnliches Training angedeihen lassen. Nun gut, vielleicht nicht immer von der Wiege an, aber zumindest ab Kindergarten ist ein guterzogenes Kind hierorts durchaus in der Lage, zurückzuschlagen. Diese Fähigkeit wird in den sommerlichen Ferienlagern weiter gefördert, indem kampferprobte Sportlehrer demonstrieren, wie man einen bewaffneten Überfall von zwölfjährigen Kriegern abwehrt. Ich spielte das einmal zu Hause durch.

Diesmal war ich dran. Frau Spiegel hatte angerufen und uns zum Tee geladen. Nicht genug damit, ihr Mann hatte mir im Büro einen Zettel folgenden Inhalts hinterlassen:

»Sie müssen unbedingt kommen. Schragele ist aus dem Ferienlager zurück!«

Es hat wenig Zweck, es leugnen zu wollen: Wir waren verzweifelt. Nicht etwa, daß wir irgend etwas gegen die Spiegels gehabt hätten, ganz im Gegenteil, wir respektierten sie ungemein als ehrliche Steuerzahler, aber deswegen nun drei oder vier Stunden mit ihnen und einer Tasse Tee dazusitzen? Und auch noch mit Schragele?

NEIN!

Also erklärte ich der besten Ehefrau von allen:

»Ich jedenfalls gehe nicht. Wenn es keinen anderen Ausweg gibt, um aus der Geschichte herauszukommen, dann gehst du eben allein hin und sagst, ich hätte ganz plötzlich die Asiatische Grippe bekommen...«

Um es kurz zu machen, den Spiegels tat es leid, daß *ich* allein gekommen war, und sie wünschten meiner Frau gute Besserung. Dann setzten wir uns hin, sprachen über den drohenden Ausbruch des Dritten Weltkrieges und stopften ein Stück Schokoladentorte mit Sahne in uns hinein. Soweit war es also ganz nett.

Bis die Tür aufging und Schragele erschien.

»Schragele«, zischte Spiegel seinem Sohn zu, »hast du Schalom zu dem guten Onkel gesagt?«

»Nein«, antwortete Schragele klar und offen und wandte sich mir zu: »Onkel, geh mit einem Messer auf mich los.«

»Wie bitte?«

Ich blickte etwas hilflos von Schragele zu seinem Erzeuger. »Was will der Knabe von mir?«

Die Mienen der Spiegels leuchteten auf in elterlichem Stolz.

»Tun Sie, was er sagt«, bat Herr Spiegel mich freudestrahlend. »Gehen Sie mit einem Messer auf ihn los.«

»Wie komme ich denn dazu?« protestierte ich. »Er hat mir schließlich nichts getan...«

Geduldig erläuterte mir daraufhin Frau Spiegel, daß ihr Schragele im Ferienlager an einem Intensivkursus für Judo teilgenommen und dadurch die Fähigkeit erlangt hätte, jedweden Erwachsenen, der sich unvorsichtigerweise erdreiste, ihn anzugreifen, flach auf das Parkett zu befördern. Ich möge deswegen die Liebenswürdigkeit besitzen, etwas mehr Sinn für Kooperation zu zeigen.

Ich bemühte mich, dieser unangenehmen Situation zu entrinnen, indem ich auf den Umstand hinwies, in solchen Angelegenheiten auf so gut wie keine praktische Erfahrung zurückgreifen zu können. Ich gestand, daß ich mich nicht erinnern könnte, wann ich das letzte Mal ein Kind mit einem Messer attackiert hätte.

Meine Ausführungen fielen nicht auf fruchtbaren Boden. Herr Spiegel erhob sich schließlich und ließ deutlich erkennen, daß er nicht gewillt war, länger auf den Beginn der Demonstration zu warten. Er nahm das Messer von der Obstschale, drückte es mir in die Hand und schubste mich in Richtung Schragele.

Ohne zu zögern trat der Knabe mit derartiger Wucht gegen mein linkes Schienbein, daß ich mich vor Schmerz krümmte. Als mir klar wurde, daß er sich fest vorgenommen hatte, danach auch meinem rechten Schienbein diese Behandlung zukommen zu lassen, stürzte ich mich mit dem Gebrüll eines ernstlich verstimmten Löwen auf Schragele. Schragele seinerseits ließ einen panischen Schrei ertönen und flüchtete aus dem Zimmer.

Mit einem Ruck zog ich das inzwischen im Türrahmen steckende Obstmesser wieder heraus und lief ihm nach. Wollte er nun, daß der Onkel mit dem Messer auf ihn losging oder wollte er nicht?

Ich bekam Schragele am untersten Treppenabsatz kurz vor der Haustür zu fassen, aber er wand sich heulend und jammernd aus meinem Griff, so daß mir nur sein Hemd in den Händen blieb. Ich zerfetzte es mit wenigen Schnitten.

Unterdessen waren Herr und Frau Spiegel meinem Amoklauf voll tödlichem Entsetzen gefolgt und schrien mich an, was ich denn da eigentlich mache?

»Ich gehe mit einem Messer auf ihn los«, antwortete ich keuchend. »Warum fragen Sie?«

Dann, das blitzende Obstmesser in der geballten Faust, jagte ich Schragele durch das gesamte Straßenviertel. Inwieweit dieses Ereignis für seine Charakterprägung und damit den späteren Lebenslauf von Bedeutung sein wird, muß die Zukunft zeigen.

Über die Situation nicht informierte Leute aus der Nachbarschaft umzingelten mich schließlich vor dem Friseurgeschäft, als ich gerade im Begriff stand, hinter Schragele her den Laternenpfahl zu erklimmen. Ich leistete nur unbedeutenden Widerstand.

Ich habe das dunkle Gefühl, daß wir von Spiegels nie wieder eingeladen werden. Judo ist schon etwas Schönes.

Herzl-Schmerzl

Inflation arbeitet nach dem bekannten Prinzip der Kettenreaktion: Der Preis von Irgendwas geht rauf, deswegen verlangt Irgendwer einen höheren Lohn, was dazu führt, daß der Preis von Irgendwas wiederum noch mehr steigt und Irgendwer das zum Anlaß nimmt zu streiken, um noch höheren Lohn zu erhalten. Mir ist es ein Rätsel, warum von allen Wirtschaftssystemen ausgerechnet dieses funktioniert. Natürlich könnte man, wenn man wollte, die Kettenreaktion dadurch unterbrechen, daß nur ein einziges Mal die Preise von Irgendwas und die Löhne von Irgendwem zur gleichen Zeit gleich hochgehen. Aber das scheint gegen die Spielregeln zu verstoßen, die eine abwechselnde Aktion erfordern, wie beim Tennis. Deswegen ist auch der Preis von Tennisschlägern vorgestern raufgegangen. Genau wie der Preis der Ketten für die Reaktion.

»Also, Sie wollen mit Ihrem Unternehmen Konkurs anmelden, ist das richtig?«

»Ja, Herr Konkursverwalter, wir haben keine andere Wahl.«

»Was für ein Unternehmen war das, sagten Sie?«

»Falschgeld.«

»Israelisches Geld, nehme ich an.«

»Ja. Wir waren spezialisiert auf die schöne Hundertpfundnote mit dem Kopf unseres Staatsgründers Theodor Herzl darauf.«

»Warum haben Sie nicht klein angefangen?«

»Haben wir ja. Zuerst stellten wir kleinere Noten her. Aber es hat sich nicht mehr gelohnt.«

»Inflation, was?«

»Natürlich. Es trifft eben immer zuerst den kleinen Fälscher von der Straße. Wissen Sie, wir haben grundsolide angefangen – sozusagen in Heimarbeit. Ein kleiner Keller, eine einfache Druckerpresse, nichts Großes, nichts Luxuriöses. Meine Frau half hin und wieder aus beim Farbenmischen und anderem. Damals, was glauben Sie, da habe ich noch leicht meine tausend Pfund am Tag gemacht.«

»Nicht übel.«

»Danke. Leider hat man mir letztes Jahr eingeredet, ich müßte unbedingt den Betrieb umstellen auf Fotodruck mit einer riesigen Offsetmaschine, um meine Produktion erhöhen zu können. Ich bestellte also eine moderne Druckereianlage aus den USA, die mich glatte 150 000 Dollar gekostet hat.«

»Und dann kam die Geldentwertung, stimmt's?«

»Genau! Meine Frau und ich, wir haben Tag und Nacht geschuftet, wir haben Überstunden gemacht, um den Wertausgleich für das sinkende Pfund zu schaffen. Bis es nicht mehr anders ging und ich gezwungen war, mir Leute vom Arbeitsamt zu holen und denen auch noch blödsinnige Löhne zu zahlen.«

»Was bekommt denn so einer heutzutage?«

»Ein erstklassiger Fälscher bringt seine 6000 Pfund jeden Monat nach Hause, drunter ist heute nichts mehr zu machen. Noch dazu weigern sich die meisten, in betriebseigener Ware bezahlt zu werden. Und dann dürfen Sie nicht vergessen, daß man unterdessen wieder einmal die Beiträge für die Sozialversicherung erhöht hat, für die Altersversorgung, die Krankenversicherung und alle anderen Sozialbeiträge. Da kommt unsereins nicht mehr mit.«

»Haben Sie es einmal mit Akkordlohn probiert? Lohn entsprechend der Leistung?«

»Selbstverständlich. Ich habe meinen Leuten 700 von jeden 2000 Pfund angeboten, die sie herstellen. Was haben sie getan? Sie haben es glatt abgelehnt. Nicht nur das, im letzten

Jahr haben sie durch den Betriebsrat dreimal Sanktionen gegen mich eingeleitet.«

»Was soll das heißen?«

»Das soll heißen, daß sie die Geldscheine nur auf der einen Seite bedruckt haben. Ich mußte einen Bankkredit aufnehmen, um die Forderungen erfüllen zu können. Auf den Kredit konnte ich dann 28 Prozent Zinsen zahlen. Stellen Sie sich meine Situation vor, Herr Konkursverwalter: ein Geldfälscher mit ständigen Liquiditätsproblemen.«

»Haben Sie sich denn nicht an die Behörden gewandt?«

»Natürlich. Ich habe zum Beispiel einen Exportkredit beantragt, aber das hat man immer wieder hinausgezögert. Es hieß, unser Pfund habe draußen im Ausland keine Marktchance. Leute vom Schatzamt gaben mir den Rat, ich sollte umsteigen auf Schweizer Franken. Das zeigt wieder einmal, was die schon von Geld verstehen. Immerhin sind die Geldscheine in der Schweiz doppelt so groß wie unsere Herzls. Darum habe ich zu denen gesagt, alles schön und gut, habe ich gesagt, aber wer zahlt für das Papier? Im Jahre 1966 kostete eine Rolle Papier 430 Pfund, und heute kommt sie auf 52 100 Pfund. Im Großhandel. Vor kurzem hat man auch noch die Zollgebühren verdoppelt und die Luxussteuer für Farben. Nun frage ich Sie, wie finden Sie das?«

»Wie wäre es mit Subventionen? Haben Sie deswegen bei den Behörden einmal vorgefühlt?«

»Sie belieben zu scherzen. Die Gelddrucker der Regierung bekommen rund zweimal wöchentlich staatliche Unterstützungen, aber wir von den Privatunternehmen – nichts, keinen roten Heller! Ich habe zu denen gesagt: Hört mal, habe ich gesagt, das könnt ihr mit mir nicht machen, ich sorge für den Unterhalt von zwölf Familien und schaffe es kaum, genügend Geld zu fälschen, um die Strafe zu zahlen, die ihr mir aufgebrummt habt.«

»Moment. Was für eine Strafe?«

»Wegen nicht gemeldetem Warenbestand. Eines schönen Tages sind die bei mir reingeplatzt und haben einen Bericht abgeschickt, daß ich 600 Herzls gebündelt und zur Auslieferung bereit am Lager gehabt hätte. Was blieb mir übrig. Ich habe mir sofort einen Anwalt genommen, und das allein hat mich schon den halben Lagerbestand gekostet. Kaum war das erledigt, da kamen diese neuen Druckmaschinen aus Amerika an, und jeder Tag im Hafen kostete mich den Produktionsausstoß einer ganzen Stunde. Unterdessen gingen die Stromkosten rauf, dann die Steuer, schließlich die Bankzinsen. Die Inflation hat mich erledigt, Herr Konkursverwalter. Wir sind jetzt soweit, daß wir in drei Schichten arbeiten und trotzdem nicht mehr mit den Preissteigerungen Schritt halten können...«

»Schlimm, schlimm. Unser Land braucht solchen Unternehmergeist, wie Sie ihn gezeigt haben.«

»Ich weiß. Aber gestern habe ich mich hingesetzt und ein bißchen nachgerechnet. Der Preis von einem amtlichen Herzl beträgt auf dem Schwarzmarkt augenblicklich rund 9 Dollar 55, und mich kostet die Herstellung von einem gefälschten Herzl bereits 14 Dollar 70, unversteuert. Soll ich mir die Finger blutig arbeiten, nur um tiefer und tiefer in Schulden zu geraten? Nein, Herr Konkursverwalter, hiermit erkläre ich mich für bankrott. Sollen doch die Gläubiger zu mir kommen und sich selber drucken, was ich ihnen schulde. Was meinen Lagerbestand anbetrifft, nun, da sind noch 8 000 Pfund in Herzls vorhanden. Sie können von mir aus herzlich gerne die Herzls beschlagnahmen und öffentlich versteigern. Was werden Sie dafür kriegen? Vielleicht 1000 bis 1500 Pfund.«

»Wir werden die geeigneten Maßnahmen treffen. Und was, wenn ich fragen darf, werden Sie nun tun?«

»Ich spiele Lotto.«

Türkische Früchte

Eine wichtige gesellschaftspsychologische Frage, die mich seit früher Jugend fesselt, ist eng mit dem Problem der Frauenbewegung verknüpft. Mit anderen Worten: der Harem. Ehrlich gestanden, ich habe mit kaum bezähmbarer Ungeduld dem Augenblick entgegengefiebert, da ich selbst einmal einen Harem besuchen würde – wenigstens das, wenn ich schon keinen haben kann. In diesem Sommer war es soweit, ich bekam den Harem. Zu sehen.

Istanbul ist eine große Metropole, mit einer Einwohnerzahl, die ungefähr an die Israels heranreicht. Trotzdem hat niemand auch nur ein Wort über Istanbul verloren, bevor jemand einen Film über die Stadt drehte. Einen Thriller mit dem Titel »Topkapi«, in dem Peter Ustinov die Kronjuwelen zu stehlen hatte, wie Sie sich erinnern werden. Kein Wunder, daß die beste Ehefrau von allen anläßlich unseres Aufenthaltes in dieser Stadt den dringenden Wunsch äußerte, den Ort des Geschehens zu besichtigen.

Wir mieteten uns einen Führer und begaben uns zum Topkapi, das man mittlerweile in ein Nationalmuseum verwandelt hat, und durchschritten offenen Mundes das Labyrinth herrlicher Paläste. Ich wage zu behaupten, daß bezüglich Pracht und

Glanz nirgends etwas Vergleichbares zu finden sein dürfte – obwohl der heutige Kreml möglicherweise eine Ausnahme darstellt.

»Diese Räumlichkeiten sind wahrhaftige Schatzkästlein uralter Kultur und Zivilisation«, rezitierte der amtliche Führer. »Hier sind unbezahlbare Kunstgegenstände zusammengetragen. Hier befinden sich die berühmte kaiserliche Bibliothek sowie die umfangreichste Miniaturen-Sammlung der ganzen Welt. Was möchten Sie zuerst sehen?«

»Den Harem«, antwortete ich.

Die beste Ehefrau von allen meinte etwas pikiert, ich wäre wie gewöhnlich gewöhnlich, aber der Führer wußte natürlich, von wem er nachher das Trinkgeld bekommen würde, und begab sich mit uns auf direktem Wege in den schönsten Gebäudeteil der aufwendigen Anlage.

Das gesamte Topkapi schien nur zum Zweck dieser einen Abteilung gebaut worden zu sein, jeder Raum des Harems war ein Juwel für sich. Die weichen Lager mit den schwellenden Pfühlen wirkten auf mich umwerfend, ebenso die reich ausgestatteten Boudoirs, in denen die süßen Bienchen in Schuß gebracht wurden, wenn sie zur Schichtarbeit mußten.

»Hier, an dieser Stelle, pflegte der Sultan zu stehen«, sagte der Führer und deutete auf ein Fenster, »um die Frauen im Bade dort unten zu betrachten, wenn er sich die wählen wollte, die er gerade wählen wollte.«

Ich trat an das Fenster und dachte an dies und auch an das, bis die beste Ehefrau von allen mich aus meinen polygamourösen Wunschträumen weckte, um mir mitzuteilen, daß sie nunmehr die Mosaiken zu besichtigen wünsche. Ich entgegnete ihr, sie möge nicht so ungeduldig sein, zu Hause hätten wir Mosaisches genug, und überhaupt müßte ich erst die gesellschaftspolitische Bedeutung dieser Einrichtung in mich aufnehmen. Während ich vom Fenster aus zu dem antiken Swimming-pool hinunterschaute, der mit seinen riesigen Ausmaßen glatt für tausendundeine Dame gereicht haben mußte, überlegte ich mir, wie um alles in der Welt der Sultan das Ganze wohl seiner Frau erklärt haben mochte.

»Abdul Hamid«, muß seine Frau eines Abends zu ihm gesagt haben, »dürfte ich wohl wissen, warum du die ganze Zeit an diesem Fenster stehst?«

»Wer, ich?« fragte der Sultan. »Ich sehe nur mal nach, wie das Wetter wird, Schatzi.«

»Und was sind das für Frauen?«

»Sieht nach Regen aus.«

»Ich habe dich gefragt, was all diese Frauen da unten zu bedeuten haben.«

»Frauen? Welche Frauen?«

»Diese Badenixen da. Sag bloß, du hast sie noch nie gesehen.«

»Ich schaue immer nur zum Himmel, Herzchen. Abendrot, gut Wetter Bot', solche Sachen, weißt du. Ich schaue niemals runter. Aber, da du mich jetzt drauf aufmerksam machst, das scheint dort unten tatsächlich so eine Art Türkisches Bad zu sein. Nun ja, die Leute müssen sich mal waschen, nehme ich an.«

»Und seit wann haben wir im innersten Bereich des Palastes eine öffentliche Badeanstalt?«

»Keine Ahnung, Schatziputzi, aber ich werde mich erkundigen. Falls der Architekt einen Mist gebaut hat, lasse ich ihn köpfen, glaub' mir.«

»Abdul Hamid, du verbirgst mir etwas!«

»Aber, aber, Mausi, wir sind doch wohl nicht wieder mißtrauisch, oder?«

»Dann erkläre mir bitte, was du eigentlich jede Nacht machst, wenn du dich hier wegschleichst!«

»Ich?«

»Ja, du! Du greifst dir den Bademantel und ziehst los!«

»Nur aufs Klo, meine Süße.«

»Drei Tage lang?«

»Alles braucht eben seine Zeit. Außerdem, wenn ich nicht schlafen kann, spiele ich manchmal Schach mit den Eunuchen. Du kennst doch den Dicken mit dem Schwert? Kürzlich habe ich gegen ihn ein Remis geschafft! Er hatte zwar einen Springer mehr als ich, aber da habe ich meinen Turm geopfert, weißt du…«

»Drei Tage!«

»Ich hatte Schwierigkeiten mit meiner Dame.«

»Und dann kommst du völlig erledigt wieder zurück und kannst dich kaum noch auf den Beinen halten.

»Wo er doch einen Springer mehr hatte…«

»Und die Musik?«

»Was für eine Musik?«

»Du weißt haargenau, was für eine Musik! Kein Mensch kann in diesem Palast auch nur ein Auge zumachen bei dem ständigen Bauchtanzkrach!«

»Denkst du etwa, ich tanze Bauch?«

»Nicht du. Die.«

»Wer?«

»Deine Mädchen.«

»Liebling! Wirklich, ich muß schon bitten!«

»Letzte Nacht bin ich zum Fenster gegangen und habe runtergerufen, sie sollten gefälligst mit dem Krach aufhören, ich hätte Migräne. Da keifte eine von deinen Weibern hoch: ›Ruhe da oben, Sie stören den Sultan!‹ Was sollte das denn nun wieder bedeuten?«

»Was weiß ich? Vielleicht ist irgendein Mädchen mit einem Kerl namens Sultan verheiratet, Josef Sultan oder so ähnlich. Oder vielleicht ist das der Bademeister…«

»Ich habe dort unten noch nie einen einzigen Mann gesehen.«

»Dann sind das sicherlich sehr keusche, schamhafte Mädchen.«

»Keusch, sagst du? Sie sind allesamt splitterfasernackt!«

»Wer?«

»Deine miesen Schlampen!«

»Mach keine Witze! Du meinst, ganz ohne Kleider?«

»Du hast mich genau gehört!«

»Na so was aber auch! Ich muß das Polizeiministerium informieren. Also wirklich, hier in meinem eigenen Palast! Ich bin dir so dankbar, daß du mich darüber aufgeklärt hast, Liebling. Nackt! Da muß man sofort etwas unternehmen. Ich werde gleich mal losgehen und die Sache persönlich untersuchen, und wenn ich herausfinde, daß die keine Genehmigung für ihre FKK-Anlage haben, dann werde ich...«

»Abdul! Was willst du mit deinem Bademantel?«

»Ich muß gehen, Hasimaus. Ich muß wissen, was diese Mädelchen so treiben. Das ist eine wichtige Angelegenheit, verstehst du. Ich komme in Windeseile wieder zurück, mein Täubchen, vielleicht sogar schon dieses Wochenende, bestimmt aber nicht später als nächstes Frühjahr.«

Dingsda

Nur eines ist schlimmer als ein Telefon, das unentwegt klingelingelingeling macht. Das ist ein Telefon, das überhaupt nicht klingelt, weil es kaputt ist. In so einem Fall bringt uns das Fernmeldeamt an den Rand des Wahnsinns, indem es tagelang keinen Menschen schickt, der das Telefon repariert. Oder es macht uns völlig verrückt, indem es einen ihrer Leute tatsächlich schickt.

Die Tür wurde aufgerissen, und Glick, der Ingenieur Glick, stürzte herein. Er atmete schwer, seine Augen waren die eines weidwund geschossenen Rehes.

»Angefangen hat es an einem Dienstag«, berichtete er keuchend, »als das Telefon bei mir im Büro kaputtging. Ich benachrichtigte die Störungsstelle, und ein paar Tage darauf kam ein Fachmann vom Fernmeldeamt, der den Apparat auseinandernahm. ›Mein Herr‹, eröffnete er mir, ›mit dem Telefon ist alles in Ordnung. Wir müssen nur so ein Dingsda auswechseln.‹ Ich sagte ihm, ich hätte nichts dagegen, worauf er entschwand. Da er nie wieder auftauchte, informierte ich die Störungsstelle, daß mein Telefon immer noch kaputt wäre…«

Glick holte tief Atem:

»Ein paar Tage später kam ein zweiter Fachmann, nahm den Apparat auseinander und stellte fest: ›Mein Herr, wir müssen so ein Dingsda auswechseln.‹ Ich bestätigte: ›Natürlich müssen Sie das Dingsda auswechseln. Ihr Kollege hat mir ja bereits mitgeteilt, daß es am Dingsda liegt.‹ Der Mann ließ mich wissen, daß er über kein Dingsda verfüge. Und ging. Ich wartete eine volle Woche. Dann bat ich die Störungsstelle, man möge mir jemand schicken…«

»Und man hat nicht!«

»Man hat doch. Ein dritter Fachmann kam, nahm den Apparat auseinander und sagte: ›Mein Herr, ich möchte, daß Ihnen die Situation klar ist. In meinem Arbeitsauftrag hier ist vermerkt, daß dieses Dingsda in Ihrem Telefon angeblich nicht mehr funktioniert. Ich habe Ihren Apparat nachgeprüft und festgestellt, daß das stimmt. Das Dingsda funktioniert nicht. Schalom.‹ Damit ging er. Ich stürzte zum nächsten Telefonhäuschen, rief die Störungsstelle an und forderte sie auf, mir ein Dingsda zu bringen, tot oder lebendig. Ich kündigte an, andernfalls jede Stelle der Störungsstelle zu zerstören. Also – ein Fachmann… ein vierter… kam zu mir ins Büro…«

»Und Sie teilten ihm mit, daß Ihr Dingsda nicht funktioniert!«

»Nein. Das wußte er schon. Er nahm nur den Apparat auseinander und fragte mich, woher, meiner Meinung nach, er um diese Tageszeit ein Dingsda herbekommen solle. Ich sagte ihm: ›Das weiß ich doch nicht, ich habe kein Ersatz-Dingsda hier im Büro herumliegen. Kaufen Sie eins auf dem Schwarzmarkt, klauen Sie eins, ermorden Sie jemanden, um eins zu bekommen. Aber wagen Sie ja nicht, ohne Dingsda wiederzukommen!‹ Daraufhin ging er. Ich schrieb an meine Verwandten im Ausland und bat sie dringend, mir ein Dingsda zu schicken. Sie verbaten sich diese Anzüglichkeiten und brachen jede Verbindung mit mir ab. In meinen Träumen wurde ich von einem Dingsda rund um den Straßenblock gejagt. Es sah aus wie ein

Drache, nur anstatt eines Kopfes hatte er so ein Dingsda. Meine Nerven drohten gerade vollends zu versagen, als mir der rettende Einfall kam: Ich rief die Störungsstelle an und beantragte, den ganzen Apparat auszuwechseln. Sie haben sofort gierig nach dieser Lösung gegriffen…«

»Haben sie gewechselt?«

»Warten Sie ab. Ein Fachmann kam mit einem neuen Apparat. Aber als er den alten abmontierte, fragte er: ›Wozu brauchen Sie einen neuen Apparat? Der alte ist völlig in Ordnung, da muß nur das Dingsda ausgewechselt werden.‹ Ohne ein einziges Wort ging ich ins Nebenzimmer und lud meinen Revolver. Aber in der Zwischenzeit hatte der Mann ein Dutzend Dingsdas aus seiner Tasche geholt und das kaputte Dingsda ausgewechselt. Seitdem funktioniert mein Telefon einwandfrei.«

»Und warum sind Sie dann so nervös?«

»Das macht die Hitze.«

Unvergeßliche Erinnerungslücken

Vergeßlichkeit wird allgemein als ein Altersleiden hingestellt: Das Gehirn wird weicher, je härter die Arterien werden, oder so ähnlich. In unserem heißen Land hat sich die Vergeßlichkeit jedoch zu einer liebgewordenen Gewohnheit entwickelt, man könnte fast sagen, zu einer Nationalleidenschaft. Vor einiger Zeit wurde eine Gruppe bedeutender Psychiater damit beauftragt, eine Untersuchung über Ursache und Wirkung dieses Phänomens durchzuführen, doch die Sache geriet irgendwie in Vergessenheit, ich weiß nicht mehr warum.

Ich traf Weinreb oben auf der Treppe vor der Oper. Ich stürzte sofort auf ihn zu und erinnerte ihn daran, sich unbedingt morgen früh mit dem Rechtsanwalt in Verbindung zu setzen.

»Mach' ich«, sagte Weinreb. »Wenn ich's nicht vergesse.«

»Was heißt, wenn ich's nicht vergesse?« fragte ich fassungslos. »Sie wissen genausogut wie ich, von welcher ungeheuren Wichtigkeit es ist, daß Sie sich...«

»Weiß ich«, entgegnete Weinreb beschwichtigend. »Aber ich habe in letzter Zeit so viel um die Ohren, daß ich bis morgen die ganze Sache längst wieder vergessen habe. Das beste wird sein, Sie rufen mich morgen früh um sechs Uhr an und erinnern mich noch mal.«

»Um sechs bin ich im Badezimmer. Absolut unabkömmlich. Wäre es nicht im Bereich der Möglichkeit, daß Sie sich selbst erinnern, es nicht zu vergessen?«

»Versuchen kann ich es, aber ich kann nichts versprechen. Ich bin so früh am Morgen immer noch im Halbschlaf und weiß nicht, wo ich bin und wer ich bin, bevor ich meine erste Tasse Kaffee getrunken habe.«

»Und wie ist es nach dem Kaffee?«

»Da weiß ich, wo ich bin. Ich verlasse auf der Stelle das Haus und –«

»Und setzen sich mit ihm in Verbindung!« frohlockte ich.

»Mit wem?«

»Mit dem Rechtsanwalt.«

»Gut, daß Sie mich erinnern. Ich hatte ihn vollkommen vergessen. Hören Sie, es hat keinen Zweck. Machen Sie sich keine Illusionen. Ich weiß genau, morgen habe ich so viel zu erledigen, daß die Sache mit dem Rechtsanwalt mir wieder glatt entfallen wird.«

»Was tun wir also?«

»Keine Ahnung.«

Wir gingen ein paar Stufen hinab, gesenkten Hauptes und in bedrücktem Schweigen. Durch mein Gehirn schossen die abenteuerlichsten Ideen.

Plötzlich kam mir die Erleuchtung. »Ich hab' es, Weinreb!« rief ich triumphierend. »Wie wäre es, wenn Sie sich einen Knoten in Ihr Taschentuch machten?«

Weinreb sah zu mir auf. Sein müdes, gütiges Lächeln bewegte mich zutiefst.

»Und wer«, fragte er zögernd, »wer, bitte, erinnert mich, was der Knoten zu bedeuten hat? Nein, die einzige Lösung, die ich im Augenblick sehe, ist leider die: Sie rufen mich um sechs Uhr früh an.«

»Also gut, vielleicht.«

»Wieso vielleicht?«

»Weil ich möglicherweise den Anruf vergesse. Sie glauben nicht, wie auch mein Gedächtnis in diesem Sommer nachgelassen hat. Wissen Sie was? Es ist alles kein Problem, wenn Sie mich morgen früh um zehn vor sechs anrufen und mich erinnern, Sie anzurufen.«

»Gern. Nur, Sie wissen, ich werde es vergessen.«

»Dann notieren Sie es sich irgendwo.«

»Und was soll mich daran erinnern, daß ich mir etwas notiert habe?«

»Das!« fauchte ich, hob meinen rechten Fuß und hieb ihm die Schuhspitze voll gegen das Schienbein. »Jetzt«, fügte ich erläuternd hinzu, »dürften Sie kaum noch einen Schritt machen können, ohne zu humpeln. Sie werden beim Humpeln ständig daran denken, warum Sie humpeln. Und warum? Weil Sie mich um zehn vor sechs…«

»Das wird nicht klappen«, seufzte Weinreb, während er auf die unterste Treppenstufe hockte und sich das Schienbein rieb, »wie ich mich kenne, werde ich auch das Humpeln vergessen. Deshalb wäre es das beste, wenn Sie mich, sagen wir, um fünf Uhr vierzig morgen früh anrufen würden, um mich zum Humpeln zu bringen. Okay?«

»Okay. Wenn ich's nicht vergesse.«

… wir sind am Ende

Wie es
wirklich war

Ephraim Kishons Erinnerungen, in denen er erstmals Farbe bekennt, sind ein bewegendes Stück Zeitgeschichte unseres Jahrhunderts mit all seinen Höhen und Tiefen und trägt so auch ein gutes Stück zur Versöhnung zwischen Juden und Deutschen bei.

Langen Müller